Arnulf Zitelmann

»Widerrufen kann ich nicht«

Arnulf Zitelmann

# »Widerrufen kann ich nicht«

Die Lebensgeschichte des
Martin Luther

BELTZ
& Gelberg

*Arnulf Zitelmann*, geboren 1929, studierte Philosophie und Theologie. Er war Religionslehrer und lebt heute als freier Schriftsteller in Ober-Ramstadt bei Darmstadt.
Im Programm Beltz & Gelberg erschienen zahlreiche Romane für Kinder und Jugendliche, die sich mit historischen Themen und Schicksalen befassen: die Abenteuer-Romane *»Kleiner Weg«*, *Zwölf Steine für Judäa*, *Unter Gauklern*, *Nach dem großen Glitch*, *Der Turmbau zu Kullab*, *Jenseits von Aran*, *Bis zum 13. Mond*, *Unterwegs nach Bigorra* (Friedrich-Gerstäcker-Preis), die Romane *Hypatia* (Auswahlliste Deutscher Jugendliteraturpreis), *Paule Pizolka oder Eine Flucht durch Deutschland* (Gustav-Heinemann-Friedenspreis), *Mose, der Mann aus der Wüste*, *Abram und Sarai*, *Jonatan, Prinz von Israel*, *Kein Ort für Engel* sowie zuletzt *Vor den Toren von Byzanz*.
In der Reihe Biographie veröffentlichte Arnulf Zitelmann *»Keiner dreht mich um«. Die Lebensgeschichte des Martin Luther King* (Auswahlliste Deutscher Jugendliteraturpreis), *»Ich will donnern über sie!«. Die Lebensgeschichte des Thomas Müntzer*, *Nur daß ich ein Mensch sei. Die Lebensgeschichte des Imanuel Kant* sowie *»Jedes Sandkorn ist ein Buchstabe«. Die Lebensgeschichte des Georg Christoph Lichtenberg.*

*»Widerrufen kann ich nicht«. Die Lebensgeschichte des Martin Luther* wurde für den Deutschen Jugendliteraturpreis nominiert.
Für sein Gesamtwerk wurde Arnulf Zitelmann mit dem Friedrich-Bödecker-Preis und dem Großen Preis der Deutschen Akademie für Kinder- und Jugendliteratur ausgezeichnet.

www.beltz.de

Neue Rechtschreibung
Einband: Dorothea Göbel
Satz: WMTP, Birkenau
Druck: Druckhaus Beltz, Hemsbach
Bindung: Druckhaus »Thomas Müntzer« GmbH
ISBN 3 407 80936 0
1 2 3 4 5 08 07 06 05 04

# Inhalt

*Bei Luthers erstem Auftritt vor dem Wormser Reichstag soll der junge Kaiser spontan geäußert haben: »Der wird mich nie zum Ketzer machen!« – Luther hatte keinen großen Eindruck hinterlassen, wirkte eher unsicher, linkisch. Die Reichstagsabgeordneten, Fürsten, Bischöfe, Grafen und Magistratsvertreter hatten sich den Mann, der den Papst in Panik versetzte, wohl anders vorgestellt. Luther selbst »entschuldigte sich wegen seiner Einfalt, bisher habe er zurückgezogen gelebt, sei einfältig aufgezogen worden, man wolle ihm zugute halten, wofern er sich gegen eine so ansehnliche Versammlung nicht gebührend verhalte«. Noch lange danach erinnerte sich Luther an den Augenblick, wo er sich vor Kaiser und Reich verantworten sollte, »da mich Gott wider mein Willen und Wissen in das Spiel führte«. Er sah sich nicht als Macher und hat trotzdem Geschichte gemacht. Das ist eine der vielen Unstimmigkeiten im Leben dieses umstrittenen Mannes, der für seine Gegner ein »schwarzer Kulkrabe«, der »Doktor Lügner« war, doch den seine Freunde die »wunnigkliche Nachtigall« nannten. Luther war sich der Widersprüchlichkeit seiner Lebensgeschichte bewusst. Er meinte über sich: »Dass ich Bakkalaureus und Magister wurde, dann das braune Barett ablegte, anderen ließ und Mönch wurde, und dass ich dennoch dem Papst in die Haare geriet und er mir wieder, dass ich eine entlaufene Nonne zum Weib nahm, wer hat das in den Sternen gelesen? Wer hätte mir das vorausgesagt?«*

## Mansfelder und Eisenacher Schulzeit

*»Ein Kind, das einmal kleinmütig geworden ist, ist zu allen Dingen untüchtig und verzagt. Es fürchtet sich allezeit, sooft es etwas tun und anfangen soll. Was aber noch ärger ist: Wo eine solche Furcht in der Kindheit einreißt, kann sie schwerlich wieder ausgerottet werden sein Leben lang. Denn weil sie bei einem jeden Worte der Eltern erzittern, so fürchten sie sich auch nachher ihr Leben lang vor einem rauschenden Blatte.«*

*1483–1500*

Am Ostrand vom Harz wird Martin am Montag, den 10. November in der Stadt Eisleben geboren. Der Priester tauft ihn am Martinstag und der Junge erhält den Namen des Tagesheiligen. Man zählt das sechstausendsechshundertzweiundachtzigste Jahr der Welterschaffung, das Jahr 1483 nach der Geburt von Christus. Im Jahr darauf ziehen seine Eltern Hans und Margarete ins nahe gelegene Mansfeld. Hier wächst Martin auf. Mansfeld ist eine aufstrebende kleine Stadt. Die Mansfelder Kupferindustrie zählte zu den bedeutendsten Bergbauunternehmen Deutschlands und der Abbau war über Jahrhunderte hinweg so ergiebig, dass die Gruben erst in unserer Gegenwart aufgegeben werden mussten. Männer wie Martins Vater, arbeitsam und auf Aufstieg bedacht, waren für die Grafen und ihre Stadt willkommene Leute. Besonders, wenn sie noch Kapital in die Bergbaugesellschaft miteinbrachten. Erst Häuer unter Tage, dann Pächter einer kleinen Kupfermine des Grafen, erwirbt sich Vater Hans gesellschaftliches Ansehen und in späteren Jahren sogar einen Sitz im Rat der Stadt.

Martins Mutter hatte ihrem Mann den Einstieg in das Bergbauunternehmen ermöglicht. Margarete, Tochter einer wohlgestellten Bürgerfamilie Eisenachs, heiratete achtzehnjährig den Bauernsohn aus dem Dorf Möhra. Die Heirat war für Hans ein Glücksfall. Neben der Aussteuer, die Margarete mitbrachte, bürgte das Ansehen der Schwiegereltern für seine Kreditfähigkeit. In Margaretes Familie gab es Ratsherren und studierte Leute. Das kam Martins Eltern zugute, als sie sich um das Bürgerrecht in Mansfeld bewarben.

In Mansfeld hat Margarete mehrere Kinder geboren, einige davon starben bereits in jungen Jahren. Bekannt sind uns außer Martin noch der Bruder Jakob und drei Schwestern. Martin erinnert sich später an das karge Leben der Eltern: »Mein Vater ist in jungen Jahren ein armer Häuer gewesen; die Mutter hat all ihr Holz auf dem Rücken eingetragen.«

Über Martins Kindheit wissen wir wenig. Zeitgenössische Berichte und Darstellungen vermitteln uns aber einen Eindruck vom äußeren Rahmen. Der Junge trägt ein wadenlanges Kittelkleid. Im Sommer ist es aus Leinen und die Kinder laufen barfuß. Während der kalten Jahreszeit zieht Martin lange Strümpfe oder »Beinlinge« an, die seine Mutter mit Bändern am Unterleibchen »festnestelt«, darüber trägt er ein wollenes Hemdkleid. Bis ins Schulalter stecken Mädchen und Jungen in der gleichen Kleidung. Auf der Gasse kann man sie kaum unterscheiden.

Die Familie geht zeitig zu Bett, denn morgens steht man mit dem ersten Messeläuten zwischen fünf und sechs Uhr auf. Ein Arzt empfiehlt zu der Zeit: Richte deine Sachen, »dass du spatisten um 8 oder 9 Uhr zur Ruhe gehest; so hastu deine acht oder neun stund zum genugsamen schlaff. Im Sommer hastu an sechs oder sieben stunden übrig genug.«

Die Kinder helfen mit in der Hauswirtschaft. Sie melken die Ziegen, führen sie hinaus vor die Stadt und lassen die Tiere an Wegrändern weiden. Martins Mutter bewirtschaftet einen großen Garten. Sie erntet Gemüse und Obst; Kohl und Bohnen werden für den Winter in Salz eingelegt, Äpfel und Birnen geschnitzelt und luftgetrocknet. Die Mädchen helfen der Mutter am Waschbottich und bringen die Wäsche zum Bleichen auf den Gemeindeanger. Brot wird im Gemeindebackhaus gebacken und frisches Wasser vom städtischen Brunnen herbeigetragen, wenn nicht das Haus einen eigenen Hofbrunnen besitzt.

Langweilig wird es nie und ruhig und still ist es in

der Stadt nur in den Stunden um Mitternacht. Ansonsten quietschen Pferdekarren durch die Gassen, Hunde bellen, im Wirtshaus spektakeln »fahrende Scholaren«, größere Schüler, die von einer Schule zur anderen wandern. Überall riecht es nach Bier, Zwiebeln, Gemüse, Mist und Faulstoffen. Der Priester kommt die Straße entlang, um einem Sterbenden das letzte Sakrament zu bringen. Hühner flattern, eine junge Frau sitzt auf der Hausstufe und gibt ihrem Kind die Brust. Wieder läuten die Glocken, den ganzen Tag hört man sie, den Stundenruf, die Turmuhr.

Ist erst die jährliche Kirchweih, steht der ganze Ort Kopf. Fliegende Händler, Gaukler, Liedermacher und Geschichtenerzähler besetzen Plätze und Straßen, in offenen Buden wird ausgeschenkt, Frauen und Männer tragen sehr bunte, phantasievolle Kleidung. Lauten, Geigen, Pfeifen, Handorgeln, Krummhörner und Drehleiern verbreiten fröhlichen Lärm. Nicht jedem gefällt das. Ein Prediger bemerkt böse: »Die Klötz tanzen so säuisch und unflätig, dass sie die Weiber und Jungfrauen dermaßen herumschwenken und in die Höh werfen, dass man ihnen hinten und vorn hinaufsieht bis in die Weich und haben es bisweilen die Jungfrauen fast gern, wenn man sie also schwenket.«

Das ist die Welt, in der Martin aufwächst. Er ist mit dabei, wenn auf dem Schindacker vor der Stadt das Volk zusammenläuft, um dem Henker bei der Arbeit zuzusehen. Das Gesetz kennt noch keine Freiheitsstrafen. Jedes Vergehen muss mit Geld oder Leibespein abgegolten werden. Foltern, Rädern, Hängen, mit glühenden Zangen reißen sind ein öffentliches Schauspiel.

Mehrmals die Woche marschiert die Familie in eins der städtischen Badehäuser, wo sie sich mit Seife und Badequast reinigt. Die Leute hocken zu mehreren in großen Holzbottichen und genießen das heiße Wasser. Männer lassen sich scheren und rasieren, auch Zähne werden hier gezogen, und man schwitzt und trinkt, erzählt und lacht, bis es Zeit wird, zu Hause das Vieh zu versorgen und in der Stube die Bettstatt zu richten.

Im Haus ist es beengt, zumal im Winter, wenn man sich mehr drinnen als draußen aufhält. Als Luther später in Wittenberg einem seiner Kinder beim Spiel zusieht, meint er: »Es springet und hüpfet und braucht in diesem Alter viel Platz im Haus, damit es sich wohl fühlt.« Viel Platz bietet das Mansfelder Haus den sechs oder acht Geschwistern nicht. Man lebt eng zusammen, in ständigem Hautkontakt. Im Haus wird gestorben und geboren und zur Schlafenszeit liegt die ganze Familie in der großen Bettnische beisammen. »Mein Vater hat mit meiner Mutter geschlafen und mit ihr gescherzt und sind fromme Leute gewesen«, so schildert Luther das Familienleben.

Wie Martin als Kind war, ausgelassen oder eher zurückhaltend und besinnlich, das wissen wir nicht. Aussagen über ihn gibt es erst aus späteren Jahren.

Seine Mitstudenten schildern ihn als »hurtigen und fröhlichen Gesellen«. Alleinsein liegt ihm nicht: »Da fällt einem allerlei Böses ein, so Leib und Seele schädlich ist«, schreibt Luther. Und er sagt von sich: »Ich esse und trinke und spaße und bin ein umgänglicher Mensch.«

Aber er hat auch eine andere Seite. »Doktor Luther ist ein grober Gesell«, erklärt er selbst, nennt sich einen »harten Kopf« und meint, »mit Pochen soll niemand an mir nichts gewinnen«.

Er kann seinen Gegnern mit bösen Worten zusetzen, wirft mit Kraftausdrücken um sich und ist nicht eben zimperlich, wenn es ans Hauen und Stechen geht. Auch das gesteht er: »Ich habe drei schlimme Hunde, Undankbarkeit, Hochmut und Gehässigkeit. Wen die drei hundt peissen, der ist sehr übel gebissen.«

So ein Mann dürfte wohl kaum ein bequemes Kind gewesen sein. Ein vulkanisches Temperament schreiben ihm schon seine ersten Biographen zu. Wahrscheinlich gibt es kein anderes Wort für Martins Ausbrüche, wenn er in Zorn geriet und mit der Faust den Tisch bearbeitete. »Ich habe keine bessere Arzenei als den Zorn«, bemerkt er, »denn wenn ich gut schreiben, beten, predigen will, muss ich zornig sein; da erfrischt sich mein ganz Geblüt, mein Verstand wird geschärft und all meine Anfechtungen weichen.«

Anfechtungen, Selbstzweifel, Angst und Niedergeschlagenheit deuten auf einen dritten Persönlichkeitsaspekt Luthers hin. Innere Bedrängnis, Unwertgefühle setzen ihm später immer wieder zu. »Wenn jemand anders diese Anfechtungen hätte aushalten müssen, die ich hatte, wäre er längst tot.« Lag schon in dem Mansfelder Jungen, der mit anderen Kindern Federball spielte, Steine stieß und Weitsprünge übte, etwas von dieser gedrückten Stimmungslage? Das ist anzunehmen.

Der Mann, der in seinen mittleren Lebensjahren so klotzig daherkommt, kann zugleich überraschend sanfte und warme Gefühle äußern. Kein harter Kern steckte in ihm, keine kräftige Seele, sondern ein »seelichen«, wie er es nannte. »Das Herz des Menschen ist das allerempfindlichste Ding, dennoch stürmt man dazu, als wäre es eine Mauer drei Ellen dick.«

Man muss annehmen, dass Martin in dieser ungewöhnlichen Mischung aus Geselligkeit und Grobheit, Selbstzweifeln und verletzlichem Gemüt ein empfindsames Kind gewesen ist. Und denkt man an die beinahe beängstigende Fähigkeit des erwachsenen Luthers, mit der Sprache umzugehen, in ihr zu denken, zu erzählen, zu poltern und zu trösten, dann ergeben sich Rückschlüsse auf ein unterschiedlich und vielseitig begabtes, intelligentes, aber gerade deshalb kompliziertes und schwieriges Kind, das auf jede Art von Einengung mit heftigen Gefühlen reagiert.

Für die Beantwortung der Frage, ob die Eltern diesem Jungen gewachsen waren, wie sie ihn erzogen haben, sind wir allein auf Luthers eigene Erinnerungen an die Kindheit angewiesen, und dabei ist anzunehmen, dass die Rückblende das Bild verzerrte. Fest steht, dass seine Eltern ihm eine sorgfältige und für sie sehr kostspielige Schulbildung zukommen ließen. Für eine Bergarbeiterfamilie war das nicht die Regel. Die Eltern spürten wohl doch, dass in diesem Kind etwas Besonderes steckte. Jurist sollte er werden, entschieden sie später, Staatsbeamter im höheren Dienst. Martin sollte es leichter haben als sein Vater, der sich im schweren Mergelgestein der Mansfelder Grube krumm arbeitete. Zwar wurden gerade jetzt die Gruben modernisiert, kamen Hebemaschinen für Stein, Erz und Wasser in Gebrauch, auch Hammerwerke zum Zerkleinern des geförderten Rohguts, und man experimentierte bereits mit Gebläsen, die »gut Wetter« in die tief führenden Schächte bringen sollten. Doch die Plackerei blieb. Arbeitsanreiz für die Knappen war ein Gewinnbeteiligungsverfahren, durch das ein Häuer im Schacht ein Vielfaches von einem landwirtschaftlichen Arbeiter verdiente. Von dem Gewinn musste allerdings auch wieder investiert werden. Martins Vater blieb lange Zeit in Schuld bei der Gesellschaft, hinterließ jedoch bei seinem Tod ein kleines Vermögen von zwölfhundert Gulden.

Martin sollte es besser haben. ›Drei Finger tun's‹, sagte man vom Beamten, der die Feder hält und schreibt. Das wünschten sich die Eltern für ihren Sohn, wollten ihm körperliche Schwerarbeit ersparen, suchten ›das Beste‹ für ihn. Aber offenbar haben sie dabei mit Prügel auch nicht gespart. Martin erzählt: »Mein Vater stäubte mich einmal so sehr, dass ich ihn floh und ward ihm gram, bis er mich wieder zu sich gewöhnte.« Bei anderer Gelegenheit: »Meine Eltern haben mich gar hart gehalten, dass ich darüber ganz eingeschüchtert, unsicher wurde. Meine Mutter stäubte mich schon um einer geringen Nuss willen bis aufs Blut.« Im Nachhinein meint er: »Aber sie meinten es herzlich gut mit mir.«

Er lernte, sich zu fügen, zu funktionieren, doch zurück blieb ein schlechtes Gefühl mit sich selbst. Noch im Alter denkt Martin an einen Liedvers aus den Kindertagen: »Mir und dir ist niemand hold, das ist unser beider Schuld.« Seine Mutter hat das gesungen. Ein winziger Gedächtnisfetzen kehrt zurück ins Bewusstsein, das Bild der Mutter, die er gelernt hatte »zu fürchten und zu lieben«. Hat Margarete ihr eigenes Lebensgefühl an ihren Sohn weitergegeben? Zum Beispiel auch ihre Teufelsängste? Am Teufel hat Martin nie gezweifelt, wohl aber an seinem Gott.

Aus Luthers Erinnerungen wissen wir, dass die Mutter eine Nachbarin der Hexerei beschuldigte. »Die schoss ihr die Kinder, dass sie sich zu Tode schrien. Der musste sie sehr gefällig sein und ihr schöntun, um sie versöhnlich zu halten.« Und der

Vater erzählt, dass im Bergwerk der Satan die Leute betrügt, ihnen Schätze vorgaukelt, dass sie meinen, da wäre »ein großer Haufen Erz und gediegen Silber, da doch nichts ist«.

Der Teufel gehört mit zum Alltag, das ist nicht nur bei den Luthers so. Später sehen Martins Gegner in ihm einen Besessenen, ein Teufelskind. Der päpstliche Gesandte, der ihn 1535 in Wittenberg erlebt, schreibt in seinem Bericht an die Kurie: »Auf Grund dessen, was ich über seine Geburt erfahren habe, bin ich fast sicher, dass der Mann von einem Dämon besessen ist.« Martins Mutter, so war ihm zu Ohren gekommen, habe im Badhaus von Eisleben als Badmagd mit dem Teufel gehurt.

Auch dem bekannten Doktor Faust, Luthers Zeitgenossen, schrieb die Nachwelt den Besitz teuflischer Kräfte zu. Das 1587 in Frankfurt am Main erschienene Volksbuch *Historia von D. Johann Fausten* versetzt den geheimnisumwitterten Magier in die Umgebung Luthers. In diesem Buch tritt Faust als Wittenberger Bürger auf, diskutiert mit den Professoren der dortigen Universität und treibt allerlei Unwesen im sächsischen Land. Da stirbt er auch, vom Teufel umgebracht, »eine halb Meil Wegs von Wittenberg«.

Faust, der »einen geschwinden Kopf« hatte, studierte Theologie, wollte aber höher hinaus und verlangte »alle Gründ am Himmel und Erden zu erforschen«. Sein Pakt mit dem Teufel gibt ihm Macht und grenzenlose Möglichkeiten, doch am Schluss steht er mit leeren Händen da, vom Wissen genarrt, und wird in die Hölle verstoßen.

Ein gleiches Ende wünschten seine Gegner auch Luther, dem anderen Wittenberger. Und tatsächlich gibt es Ähnlichkeiten zwischen ihm und Faust. Beide setzen sich mit dem Teufel auseinander, beide sind besessen von der Suche nach Gewissheit. Faust hofft, sie im Wissen zu finden, und paktiert im Interesse der Forschung mit dem Teufel. Martin braucht Glaubensgewissheit, um den Teufel, die Anfechtungszweifel, das schlechte Gewissen mit sich selbst abzuwehren und zum Schweigen zu bringen. Wie Faust ist er bereit, alles dafür herzugeben, mit seinem Leben zu zahlen: Er wird Mönch. Diese Entscheidung steht am Ende einer Ausbildung, die ihm seine Eltern mit einer ganz anderen Zielsetzung ermöglichten.

Mit fünf, sechs Jahren kommt Martin in die Schule. Die Eltern lassen ihn beim Rektor einschreiben, entrichten das Schulgeld und erstehen Bücher und das erste Schreibgerät, eine zusammenklappbare Wachstafel mit Griffel. Zu dieser Zeit gibt es bereits in jeder Stadt Schulen, mancherorts auch für Mädchen. Die allgemeine Schulpflicht kennt man zwar noch nicht, aber die Schulmeister am Ort kümmern sich darum, dass möglichst viele Kinder die Schule besuchen, denn ihr Verdienst richtet sich nach der Schülerzahl.

Das Mansfelder Schulhaus ist ein Fachwerkbau, der früher einmal als Scheune gedient hatte. Hinter der Tür steht ein Ofen. Im Winter bringen die Kinder Feuerholz und Kerzen zur Beleuchtung mit. Der Lehrer sitzt auf einem kanzelähnlichen Katheder, die Schüler hocken unter ihm auf Bänken. In der Ecke stehen ein paar Tische für Schüler, die Schreibarbeiten zu verrichten haben. Der Unterricht beginnt früh um sechs und endet nachmittags, zwischendurch gehen die Kinder zum Essen nach Hause.

Die Jungen werden in einem Raum unterrichtet, die dreizehn-, sechzehnjährigen zusammen mit den Schulneulingen. Ein paar ältere Schüler, manchmal schon bärtige Gesellen, die als Wanderschüler in die Stadt gekommen sind, helfen dem Schulmeister abhören, die jüngeren Schreiben und Lesen lehren.

Die älteren Schüler lernen das Schreiben mit der Gänsefeder. Man schneidet sie mit dem Federmesser zu, löst den Flaum vom Schaft und übt, mit harter und mit weicher Spitze zu schreiben und die Tinte richtig zu dosieren, damit es keine Kleckse aufs kostbare Papier gibt.

Die Schulsprache ist Latein, auch in den Büchern. Die Schulbücher enthalten Grammatik, Vokabeln, Lesestücke. Mit auf dem Lehrplan stehen Psalmen, Lieder und die Gebete der Kirche. Das Rechnen ist an den meisten Schulen noch nicht eingeführt. Erst 1489 erscheint das erste Rechenbuch mit den heutigen Ziffern. Lernen heißt pauken, auswendig lernen, aufsagen, wiederholen. Grammatik- und Vokabelbücher werden Seite für Seite abgehört. Es wird laut vorgesprochen, laut repetiert, die gelernte Lektion laut im Chor aufgesagt.

Seit es gedruckte Bücher gibt, können die Kinder auch daheim üben. Oft lernen dabei die Eltern Schreiben und Lesen von den Kindern. Man schätzt, dass um diese Zeit etwa zehn Prozent der Stadtbewohner lesen können. »Auf keine Erfindung können wir Deutschen so stolz sein wie auf die Erfindung des Buchdruckens, die uns zu neuen geistigen Trägern des Christentums, aller göttlichen und irdischen Wissenschaft und dadurch zu Wohltätern der ganzen Menschheit erhoben hat«, schreibt ein Autor 1507, gerade ein halbes Jahrhundert nach Gutenberg, dem Erfinder der Buchdruckkunst.

Von der allgemeinen Wissensexplosion profitieren die Stadtschulen zunächst allerdings kaum. Während Martin die Schulbank drückt, stellt Martin Behaim der Gelehrtenwelt seinen ersten Globus vor, Kolumbus erreicht Amerika, Leonardo da Vinci entwirft eine Flugmaschine und in Nürnberg geht die erste Deutschlandkarte in Druck. Aber von solchen Dingen hört man damals in Mansfeld wohl nichts, schon gar nicht in der Schule, in die Nachrichen von diesen neuen Errungenschaften erst sehr verspätet eindringen.

Das Schulwesen, in der Regel den Kirchen angegliedert, braucht Jahrhunderte, um sich eigenständig zu organisieren. Die Schulmeister, Rektoren und Gehilfen bleiben vielfach nur zwei, drei Jahre am selben Ort. Dann wandern sie weiter. Vielleicht gehen sie zurück an die Universität, um ihr Studium abzuschließen, oder sie suchen sich woanders ein neues Schulquartier.

Der Schulmeister hat in der Stadt oft noch den Dienst eines Schreibers und Notars, in der Kirche das Amt eines Kantors mitzuversehen. Als »Kindermeister« ist er nicht hoch geachtet, aber rund um die Uhr beschäftigt. Auch außerhalb der Schule soll er die Schüler beaufsichtigen, bei jeder Beerdigung muss sein Schulhaufe mit, um »über die Leich zu singen«, im Gottesdienst wird seine Mitwirkung verlangt und die Ratsherren erwarten hin und wieder eine Theateraufführung. Dabei sind Schulmeister meist nur kärglich untergebracht. Sie genießen nicht die vollen Bürgerrechte, werden aber gleichwohl zur Stadtsteuer und zum Wachtdienst an Tor und Mauer herangezogen. »Mich wundert«, beschwert sich einer, »dass sich rechtschaffene Leute noch zur Schule brauchen lassen. Denn die Männer, welche den ganzen Tag im Gestank und Lärmen der Knaben zugebracht haben und halb schwindsüchtig, halb taub geworden sind, müssen mancherorts das Brot des Jammers essen und das Wasser der Betrübnis trinken. Ich könnte Städte nen-

nen, wo der Kuh- oder Sauhirt einen größeren Lohn hat als der Schulmeister.«

Luther hat sich später in Wittenberg leidenschaftlich für durchgreifende Schulreformen eingesetzt. Mehrere seiner Schriften widmet er diesem Thema. »Einen fleißigen, frommen Schulmeister oder Magister oder dergleichen«, so schreibt er, »den kann man nimmer genug lohnen und mit Geld bezahlen.« In einem Schreiben von 1524 »An die Ratsherren aller Städte deutschen Landes« fordert er mehr Geld für das Bildungswesen: »Liebe Herren, man muss jährlich so viel für Verteidigung, Straßen- und Wegebau ausgeben und dergleichen, warum soll man nicht viel mehr wenden an die dürftige arme Jugend? Da werden täglich Kinder geboren und wachsen bei uns auf und ist leider niemand, der sich des jungen Volks annehme. Das ist doch eine unmenschliche Bosheit, wenn man nicht weiter denkt als so: Wir wollen jetzt regieren, was geht uns an, wie es denen gehen werde, die nach uns kommen! Nicht über Menschen, sondern über Säu und Hund sollten solche Leute regieren, die nicht mehr denn ihren Eigennutz suchen.«

Die eigene Mansfelder Schulzeit ist Martin nicht in guter Erinnerung geblieben. Die Schulordnung sah vor, dass ein älterer Mitschüler das verhasste »Wolfsbuch« führte, das die Namen der Schüler enthielt, die während der Schulzeit deutsch geredet hatten oder sich andere Ordnungswidrigkeiten hatten zuschulden kommen lassen. Wöchentlich einmal rechnete der Lehrer mit dem Stock ab. Der Wolfszettel war für Martin und seine Mitschüler ein Alptraum. »Die Examen sind für die Kinder eine Folter gewesen. Ich bin einmal vor Mittag in der Schule fünfzehnmal nacheinander gestrichen worden.«

Martin hatte mitgezählt. Die Schulordnung der Stadt Braunschweig z.B. legt den Lehrern »Züchtigung, ernste Strafworte« und »die Rute« ernstlich ans Herz, dass den Schülern »gebührlich Hilf« geschehe, aber aus »väterlichem« Sinn. Darum soll sich der Schulmeister »im Strafen alles Fluchens und ungebührlichen Redens enthalten, die Knaben nicht mit Schlüsseln, Büchern oder Fäusten ins Gesicht schlagen, nicht gräulich über die Bänke werfen, ihre Glieder ausrenken, an den Ohren ziehen, dass Gehör und Augen verletzt werden«.

Mehr wie Henker und Stockmeister, erinnert sich Luther, hätten die Schulmeister in seiner Schulzeit sich aufgeführt, statt die Anlagen der Kinder zu fördern.

Nach sechsjähriger Schulzeit in Mansfeld schicken die Eltern Martin auf weiterführende Schulen in Magdeburg und Eisenach. Martin beherrscht inzwischen Latein, die Kirchen- und Wissenschaftssprache, und hat sich in Mansfeld die Grundbegriffe von Logik und sprachlichem Ausdruck angeeignet. Er ist nun zwölf Jahre alt, zieht das Kittelkleid aus und kleidet sich wie ein junger Mann: mit Beinlingen, Kraushemd und Wams und kurzer Pluderhose, an der Seite hängt der Degen.

Wir wissen nicht, mit welchen Gefühlen er das Elternhaus verlassen hat, aber vielleicht bedeutete das Internat der »Brüder zum gemeinsamen Leben«, das er in Magdeburg besuchte, einen neuen Anfang. Warum er nur ein Jahr bei den Brüdern blieb, ist unbekannt. Sicher ist jedoch, dass die folgenden Jahre in Eisenach Martins Stimmungsbild aufhellen. Er bekommt einen Essplatz im Haus des begüterten Familienfreundes Schalbe. Unterkunft vermittelt ihm Margaretes Familie bei dem Ehepaar Konrad und Ursula Cotta. Von Frau Ursula bleibt ihm ein Wort im Gedächtnis, das er später als Randglosse in seine deutsche Bibel aufnimmt: »Es ist kein lieber Ding auf Erden denn Frauenliebe, wem sie kann zuteil werden.«

Martin ist inzwischen in der Pubertät. In Frau Ursula scheint er eine Frau gefunden zu haben, die er anbetete und verehrte. Die Stadt ist ihm wohl auch durch sie lieb geblieben. Seine »gute Stadt Eisenach, mein liebes Eisenach« nennt er sie später noch.

Auch die Erinnerung an die dortige Schule ist freundlich. Der Eisenacher Rektor, erzählt er, habe vor seinen Schülern das Barett gezogen, bevor er das Katheder bestieg, »weil Gott manchen von diesen zu einem Bürgermeister, Kanzler, Doktor oder Regenten bestimmt haben könnte«. Dass Martin sich gerade daran erinnert, lässt vermuten, dass er sich in seinen geheimen Wünschen angesprochen fühlte. Dachte er vielleicht schon damals an Größe und Berufung? Auch ein anderes Gedächtnisfragment zeigt, wie der Junge sich mit seiner Zukunft beschäftigte: »Diese Prophezeiung ist geschehen, da ich noch ein Knabe war und zu Eisenach in die Schule ging: Johannes Hilten, der zu Eisenach im Barfüßerkloster Mönch gewesen und zu jener Zeit erwürgt worden ist, soll gesagt haben: Ein anderer wird nach mir kommen, den werdet ihr sehen!«

Hilten, der als Ketzer endete, war ein scharfer Kritiker der kirchlichen Zustände. Seine »Prophezeiung« bezog Luther später auf sich.

Während Martin in Eisenach zur Schule geht, entdeckt der Portugiese Vasco da Gama den Seeweg über das Kap der Guten Hoffnung, Amerigo Vespucci den Amazonasstrom, die Mercatorkarte von 1538 tauft mit Amerigos Namen einen ganzen Kontinent, den Kolumbus noch für einen Teil Indiens hielt. Es ist die Zeit der großen technischen Neuerungen. Bohrmaschinen für Geschützrohre werden konstruiert, die ersten Sprengladungsgeschosse entwickelt, in England verwendet man bereits den Bleistift. Europa hat 1120 Druckereien in 250 Städten aufzuweisen. Die neue Industrie produziert Kunstgrafiken, Flugblätter, Spielkarten und schon mehr als zehn Millionen Bücher. In Deutschland kommen Taschentücher in Gebrauch, die »Wuschtuchlein«. Bei Leuten wie den Cottas und Schalbes legt man Wert auf gute Tischmanieren, wie sie die modernen Benimmbücher lehren: Greif nicht als Erster in die Schüssel. Was du im Mund gehabt hast, leg nicht aufs Geschirr zurück. Biete nicht jemandem von dem Stück an, von dem du abgebissen hast. Sei friedlich bei Tisch, höflich und nicht zu laut. Kratz dich nicht, auch nicht unterm Tischtuch.

Die Familie Schalbe nimmt Martin in ihren Hauskreis auf, dem auch Standespersonen der Stadt angehören. Hier gewinnt Martin den älteren Freund, Johannes Braun, Vikar am Marienstift, dem er lange in Zuneigung verbunden bleibt.

Zu den Merkwürdigkeiten von Martins Lebensgeschichte gehört, dass er auch hier in Eisenach noch keiner Bibel begegnet ist. Ein Student notiert 1538 an Luthers Tisch: »Vor dreißig Jahren, sprach Doktor Martinus, las niemand die Bibel. Sie war so gut wie gänzlich unbekannt. Als ich zwanzig Jahre alt war, hatte ich noch keine gesehen.« Erst in der Erfurter Universitätsbibliothek fand Martin ein Exemplar der Bibel, die für sein Leben so entscheidend sein sollte. Er blätterte damals kurz darin und stellte »sehr erstaunt« fest, dass in den Evangelien viel mehr stand, als er von der Kirche her kannte.

## Erfurter Philosophiestudium

*»Was jämmerlich ist: Nicht einmal über seinen Entschluss oder seine Gedanken kann der Mensch voll und zuverlässig verfügen.«*

*1501–1505*

Ende April 1501 schreibt sich der siebzehnjährige »Martinus Ludher ex Mansfeld« als Student fürs philosophische Grundstudium ins Register der Universität ein. Die wirtschaftlichen Verhältnisse des Vaters haben sich mittlerweile so gebessert, dass er es sich erlauben kann, dem Sohn ein Studium zu finanzieren. Die Eisenacher Bekannten werden Martins Eltern darin bestärkt haben. Seine Zeugnisse sind gut, die Lehrer loben ihn.

Vier Jahre geht Martin in Erfurt zur Universität. Er findet Unterkunft in der »Burse« zum Sankt Georg, einem Studentenwohnheim. Sein Magisterexamen besteht er 1505 mit Auszeichnung.

Es besteht kein Zweifel daran, dass er ein guter Student war. Sein erster Biograph schildert zwei Jahrzehnte nach Luthers Tod dessen Fleiß in den verklärtesten Farben: »Ob er wohl ein hurtiger und fröhlicher Geselle war, fing er doch alle Morgen sein Lernen mit herzlichem Gebet und Kirchengehen an, wie denn sein Sprichwort ist gewesen: Fleißig gebetet ist über die Hälfte studiert; verschlief und versäumte darüber keine Lektion, fragte gern seine Praezeptores und besprach sich in Ehrerbietigkeit mit ihnen, repetierte oftmals mit seinen Gesellen, wenn man nicht öffentlich las, hielt sich allewege auf in der Universitätsliberei.« Das klingt wie abgeschrieben aus einem *Tugendspiegel für die Jugend*, wie sie damals auf dem Markt waren. Aber die Schilderung dürfte dennoch zutreffen. Martin absolvierte sein Studium in der kürzestmöglichen Zeit und legte seine Examen ab, sowie die Studienordnung es zuließ. Ein lockerer Student, ein Bummelant kann Martin nicht gewesen sein und auch später hat er immer gearbeitet wie ein Pferd. Die Werksausgabe seiner Vorlesungen, Schriften, Veröffentlichungen und Briefe umfasst Dutzende von Bänden. »Ich habe eine rasche Hand und ein promptes Gedächtnis. Wenn ich schreibe, fließt's mir zu, ich brauche nicht zu pressen und zu drücken«, so erklärt er seine Leistungen. Aber selbst wenn man diese Talente in Rechnung stellt, bleibt es schon allein ein physischer Gewaltakt, mit Gänsefeder und Naturtinte diese Wortmassen aufs raue Papier zu bringen.

Die anderen Studenten der »Biertasche«, wie man in Erfurt die Burse zum Sankt Georg beziehungsreich nannte, nahmen es mit der Studienordnung wohl nicht immer so genau wie Martin. Ein Studienkamerad, mit dem Martin zwei Jahre das Zimmer teilte, sah nach Luthers Worten während der ganzen Zeit kein Buch an. Und wenn er es doch versuchte »und eine halbe Stunde gesessen und in sein Buch gesehen hatte, stand er auf, wurde fuchtig und warf das Buch auf die Erde, trat mit den Füßen danach und schrie: Studieren macht Narren.«

Martin hat seinen Kollegen deshalb nicht schief angesehen. Die Maßstäbe, an denen er sich maß, brauchten für andere nicht zu gelten. Nur sich selbst konnte er nichts durchgehen lassen. Seine Mitstudiker nannten Martin den »Philosophen« oder auch den »Musiker«. Denn Disputieren und Argumentieren war sein Element, und wenn er Erholung suchte, fand er sie bei seiner Laute, einem schwierig zu beherrschenden Instrument, das er kunstfertig spielte.

Erfurts Universität war eine moderne Hochschule mit gutem wissenschaftlichem Ruf. Hier galt nicht wie in Köln, Leipzig oder Prag die Theologie als Königin der Wissenschaft, sondern die kritische Philosophie. Die »via moderna«, wie sich diese neue Wissenschaftsrichtung nannte, spiegelt den krisenhaften Übergang vom Mittelalter zur Neuzeit präzise wider: Die Welt war aus den Fugen geraten und ließ sich nicht mehr auf den alten Nenner bringen.

Immer mehr Fragen fielen an, auf die weder die traditionelle Theologie noch die Lehrautorität Roms Antworten hatten.

Riesige Kapitalgesellschaften bildeten sich in Europa. Es galt aber noch immer das aus der Bibel begründete Zinsverbot: Geld zeugt keine Kinder. Aber die

Praxis sah längst anders aus. Die Kirche musste sich äußern. Sie tat es nicht. Im Gegenteil, selbst der Heilige Stuhl betrieb Handel mit Ablass von Kirchenstrafen, entschied Kaiserwahlen mit Schmiergeldern, unterhielt eigene Banken und Pfandhäuser, lieh phantastische Summen gegen Wucherzinsen aus und machte verzinsliche Schulden. Zu all diesen Praktiken gab es keine kirchliche Lehrmeinung. Eine klare Lehrentscheidung wurde lediglich dahingehend gefällt, dass die Armutsfrage nicht im Sinn des Franziskus von Assisi entschieden werden durfte. Der hatte seine Ordensgeschwister zum Verzicht auf privates wie gemeinsames Eigentum verpflichtet unter Berufung auf das Vorbild von Jesus, der auch freiwillig allem Besitz entsagt hätte. Papst Johannes XXII. erklärte diese Behauptung als ketzerisch und irrig.

Unentschieden blieb die Haltung der Kirche auch zur Sklavenfrage. Portugiesen, Holländer, Spanier gehen in der halben Welt auf Sklavenfang; das ›Zeitalter der Entdecker‹ eröffnet eine Ära des Menschenraubs. Kolumbus schwärmt von den »Wilden«, die er auf den »westindischen Inseln entdeckt« hat: »Sie gehen nackt, wie Gott sie erschaffen hat, Männer wie Frauen. Alle jene, die ich erblickte, waren jung an Jahren, dabei waren sie alle sehr gut gewachsen, haben einen schön geformten Körper und gewinnende Gesichtszüge. Sie führen keine Waffen mit sich, die ihnen nicht mal bekannt sind.«

Aber sind es auch Menschen? Dann müssten sie wie die Europäer von Adam und Eva abstammen, von Noah aus der Arche. Das ist undenkbar. Kolumbus gewinnt den Eindruck, dass die Indianer keiner Religion angehören. Wie können sie dann aber eine Seele haben? Aber angenommen, sie haben eine und wissen doch nichts von Gott, dann ist es ja nur legitim, sie christlichen Herren als Sklaven zu verkaufen. Wenn sie unter Christen leben, können sie wenigstens bekehrt werden.

Aber mit solchen ideologischen Kniffen ist das alte Einheitsweltbild nicht mehr zu retten. Erasmus, einer der großen Bildungsliteraten der Zeit, lässt einen Metzgermeister sagen: »Kürzlich sah ich auf einer großen Karte die ganze Welt abgebildet. Da wurde mir klar, dass überhaupt nur ein Bruchteil der Erdbevölkerung sich aufrichtig zum Christentum bekennt. Die übrige Welt wird von Barbaren bevölkert. Und sie unterscheiden sich kaum von wilden Tieren oder von irrgläubigen Ketzern beziehungsweise von beiden.« Auf dem Globus tun sich schwindelnde Entfernungen auf und zugleich weitet sich der Kosmos. Kopernikus, ein anderer Zeitgenosse Luthers, arbeitet um diese Zeit an seiner neuen Theorie *Vom Lauf der Himmelskörper*. Sie verschiebt den Weltmittelpunkt von der Erde zum All.

Mit dem Übergang in die Moderne wird auch die alte, von der Kirche mitgetragene und verantwortete soziale Ordnung brüchig. Thomas Morus, englischer Zeitkritiker, Literat und Politiker, entwirft die Vision eines Gemeinwesens, »wo alles Eigentum Gemeingut ist«. Er schreibt den ersten ›utopischen Roman‹ der Weltliteratur, die *Utopia*, und prangert darin den Adel, die Geldverleiher und Großgrundbesitzer als Schmarotzer an, die »den Armen alle Tage noch etwas abzwacken, nicht nur durch privaten Betrug, sondern aufgrund öffentlicher Gesetze«. In Deutschland erscheinen Flugschriften, Prophezeiungen, die eine durchgreifende, radikale Reform der gesellschaftlichen Verhältnisse fordern. »Gehorsamkeit ist tot, Gerechtigkeit hat Not, nichts steht in rechter Ordnung.«

Dabei ist Deutschland zu dieser Zeit kein Armenhaus. Im Gegenteil. Die Schedel'sche Weltchronik schildert Deutschland 1493 als Wirtschaftswunderland: »Wenn wir der edlen, hochberühmten und ansehnlichen Städte, der großen Gotteshäuser, der großmächtigen und gewaltigen Fürsten und Prälaten deutscher Nation gedenken wollen, so sehen wir kein Land, das in Achtung aller Ding Deutschland übertreffe.« Der Verfasser lobt die Weingärten, Deutschlands Frucht tragende Bäume, »die Bekleidung der Menschen, die Höflichkeit und Hübschsittlichkeit der Bürger«, die geordnete Verwaltung. Nirgends sonst findet man nach seinem Urteil »so viel Pferd, Waffen und Geld, auch so viel durchlauchtigter Fürsten, so viel hochgeborener Adel, so viele mächtige Städte, so viel Reichtümer, so viel Gold, so viel Silber, so viel Eisenerze, so große Volksmassen, so große Kühnmütigkeit, so große Kraft und Stärke«.

Ähnlich sieht es der Italiener Piccolomini, der damals Deutschland bereiste: »Wir sagen es frei heraus, Deutschland ist niemals reicher, niemals glänzender gewesen als heutzutage.«

Was der Zeit aber fehlt, sind die gesamtgesellschaftlichen Perspektiven. Öffentliche Aufgaben werden nur lässig in Angriff genommen, das Verkehrssystem, die Straßen und Brücken stammen noch überwiegend aus der Zeit der alten Römer. Es gibt keine geordnete Müllabfuhr in den Städten, die Kanalisation ist mangelhaft, das öffentliche Gesundheitswesen unterentwickelt. Geld genug wäre da, auch für den Ausbau von Schulen, Krankenhäusern und Bibliotheken und für die Einstellung qualifizierter Kommunalbediensteter wie Lehrer. Das vorhandene Kapital aber wird vom Adel, von kirchlichen Würdenträgern und reichen Bürgern in den privaten Konsum gesteckt.

Man treibt den aufwendigsten Modeluxus, den es je in Europa gab; Piccolomini hat Recht, wenn er berichtet, dass die Bürgersfrau »in Gold strahlt«. Die Kirchen quellen über von Leuchtern, Reliquienschreinen, Kruzifixen und Messegeräten aus Edelmetall. Stundenlange Schlemmergelage mit vierzig Gängen begleiten jeden nur denkbaren gesellschaftlichen Anlass, Lotterie und Glücksspiele blühen.

Trotz der aggressiven Sinnenfreuden aber haben die Bußprediger ungeheuren Zulauf. Hinter der ausgelassenen Munterkeit rumort die Angst vorm »schwarzen Tod«, vor Syphilis, Aussatz und »schweißigem Fieber«. Man genießt das Leben, aber mit schlechtem Gewissen, das auch der Ablass nur unvollkommen beruhigt. Fordert ein Prediger Zeichen wahrer Bußstimmung, schneiden Frauen ihre Zöpfe ab, verbrennt man Wagenladungen von Spielbrettern und Kartenspielen, wirft der Landsknecht seine Würfel weg und pilgert nach Rom. Die Kirche ist diesem Problemstand nicht gewachsen, Heilsgewissheit, Daseinsorientierung kann sie nicht mehr bieten.

Die kritische Philosophie, der Martin in Erfurt begegnet, ist ehrlich. Sie hält nichts von Kompromissen. Das hat seine Spuren in Martins Denken hinterlassen.

Die kritische Theorie des so genannten »Nominalismus« ist zwar ein überaus kompliziertes Denksystem, doch ihre Stoßrichtung ist eindeutig: statt überflüssiger Theorien Fakten, statt Tradition Selbsterfahrung, statt Autoritäten eigenes Denken. Für den Engländer William von Ockham, den geistigen Vater der kritischen Theorie, ist es widersinnig, das Gottesproblem mit logischen Mitteln anzugehen. Gott entzieht sich dem Verstand. Er ist für den Menschen ein undefinierbarer Gott, der sich aber freiwillig selbst definiert: in der Bibel. Sie ist sein Buch, in dem er sein Verhalten gegenüber den Menschen festgelegt hat.

Allein die Bibel gibt dem Menschen Gewissheit von Gott und seinen Absichten.

Vernunft, lehrt Ockham, ist nur für die Welt zuständig, sie hat sich an Einzelerfahrungen zu orientieren, nicht am großen Ganzen. In der Konsequenz hieß das, die Kirche hat dem Staat keine Rezepte vorzuschreiben, das bürgerliche Gemeinwesen muss sich seine eigenen Spielregeln geben; ein Gesichtspunkt, der später für Luther wichtig wird, nicht zuletzt in den Bauernkriegen.

Ockhams Philosophie, von Erfurter Philosophen weiterentwickelt, stößt auf wenig Gegenliebe bei der traditionellen Kirche. Ein Professor hatte sich vor der Inquisition in Worms zu verantworten und wurde als Ketzer zu lebenslänglichem Kerker verurteilt, weil er über Ablass, die Messe und die Bibel Meinungen vertreten hatte, die sich mit der offiziellen Lehre nicht vereinbaren ließen. Aber die kritische Theorie Erfurts war nicht totzukriegen. Zu Martins Zeit galt die Stadt als Hochburg der »via moderna« und erhielt entsprechend Zulauf von Studenten, die sich eher radikal als angepasst gaben.

Martin wird der kritischen Theorie mit gemischten Gefühlen begegnet sein. Ihre dialektische Begrifflichkeit schärfte seinen Verstand. Aber hilfreich war diese Art zu denken für ihn nicht. Die »via moderna« lehrte Freiheit, Selbstbestimmung; aber einen freien Willen kannte Martin nicht, er hatte gelernt, sich zu fügen.

Die Erfurter Professoren forderten kritisches Denken; aber Dinge in Frage zu stellen widersprach seiner Erziehung, die ihn gelehrt hatte, aufs Wort zu gehorchen. Die kritische Theorie brach mit dem Autoritätsprinzip; aber Martin war eingebläut worden, an Autoritäten zu glauben und entsprechend zu funktionieren, Erwartungen von Eltern und Lehrern zu erfüllen. Und in dem allen steckte noch das theologische Problem. Außer der Bibel ließen die Erfurter von Gott nicht viel übrig und die Bibel kannte Martin noch nicht. Noch nach Jahren erinnert sich Luther an seine schwierige seelische Verfassung am Ende der Studienzeit: »Mich plagte die Traurigkeit und ich fühlte mich ständig niedergeschlagen.«

Andererseits müssen Martin gerade die antiautoritären, anarchischen Inhalte der Erfurter Philosophie unterschwellig fasziniert haben. Denn sie sprachen Bedürfnisse bei ihm an, die in ihm vorhanden waren und ihr Recht verlangten, die sich aber der mit »Einschüchterung« gefügig gemachte Junge nicht offen eingestehen konnte. Von seiner Erziehung her hatte er einfach nicht die Möglichkeit, sich bewusst damit auseinander zu setzen. Vermutlich spürte Martin in dieser Zeit nur den Wunsch, das für ihn kritische Philosophiestudium möglichst bald hinter sich zu bringen, um endlich mit der juristischen Ausbildung zu beginnen. Die Beschäftigung mit Paragraphen und festgelegten Rechtssätzen würde nach seiner Erwartung unproblematischer verlaufen und ihn nicht in neue Konflikte mit seinem Selbstbild bringen.

So war der Student überglücklich, als der Dekan des philosophischen Fachbereichs ihm nach bestandenem Examen das rotbraune Magisterbarett aufdrückte: »Wie war es eine so große Majestät und Herrlichkeit, wenn man Magistros promovierte und ihnen Fackeln vortrug und sie verehrte; ich halte, dass keine zeitliche, weltliche Freude dergleichen gewesen sei.«

Das geschah am 7. Januar 1505, Martin war einundzwanzig Jahre alt und hatte sein Examen als Zweitbester von siebzehn Kandidaten bestanden. Sein Vater gratulierte ihm. Aber eigentlich konnte sich Vater Hans, Hüttenmeister und Bergmann, in diesem Augenblick selbst beglückwünschen. Er hatte seinen Sohn erfolgreich auf Erfolg programmiert. Den frisch gebackenen Magister redete er jetzt nicht mehr mit »du«, sondern respektvoll mit »Ihr« an, sah in Martin bereits den künftigen »Bürgermeister, Kanzler, Doktor oder Regenten« und überreichte ihm einen ansehnlichen Geldbetrag, damit er sich Bücher fürs anschließende Studium der Rechte kaufen konnte. Auch eine Frau hatte er Martin schon ausgesucht.

Dass es anders kam, war nicht vorauszusehen gewesen. Aber ein halbes Jahr nach dem Magister-Examen geriet Martin auf dem Heimweg von seinen Eltern kurz vor Erfurt in ein Gewitter. Ein Blitz schlug neben ihm ein und warf ihn zu Boden und Martin schrie in Todesangst: »Hilf Du, Sankt Anna, ich will ein Mönch werden!« Heute steht an dieser Stelle, unweit vom Dorf Stotternheim, ein beschrifteter Gedenkstein: *Geweihte Erde/Werdepunkt der Reformation/ In einem Blitz vom Himmel wurde dem jungen Luther hier der Weg gewiesen.* Als ein himmlisches Zeichen hat Martin den Blitzschlag damals allerdings wohl kaum betrachtet. Nachdem er sich zusammengerafft hatte, sagte er sich, dass er gerade einem Anschlag des Teufels entgangen war. Dass er davongekommen war, hatte er der Heiligen Anna, der Schutzpatronin der Bergleute, zu verdanken. Ihm war eine Gnadenfrist gegeben worden. Daraus musste er Konsequenzen ziehen.

## »Schwarzes Kloster« in Erfurt

*»Es ziemt sich nicht, dass du dich verachten oder an dir selbst verzweifeln wolltest.«*

*1505–1507*

Am Abend des 16. Juli sitzt Martin noch einmal mit seinen Studienkollegen beisammen. Seine Bücher hat er verkauft und von dem Erlös eine »herrliche collation«, ein Abendessen, richten lassen, wie sein Biograph berichtet. Sein Wille stand fest, er fühlt sich erleichtert, »lässt bitten etliche Gelehrte zu ihm, züchtige, tugendsame Jungfrauen und Frauen und ist mit ihnen über die Maßen fröhlich«.

Als er den Freunden die Entscheidung mitteilt, versuchen sie ihn umzustimmen. Er solle sich das doch noch einmal durch den Kopf gehen lassen! Aber Martin hat es sich genau überlegt, zweimal, dreimal, und jetzt ist er mit sich im Klaren: »Heute seht ihr mich nimmermehr!« In der Nacht bittet der Magister beim Erfurter Augustinereremitenkloster um Aufnahme in den Orden. Den Eltern teilt er den Eintritt brieflich mit.

Der Vater »wollte toll werden« und dem unbotmäßigen Sohn »alle Gunst und väterlichen Willen« versagen, wenn er seinen Entschluss nicht rückgängig machte. Sehr viel später meinte Luther jedoch, gerade die strikte Disziplin, die einschüchternde Erziehung seiner Eltern hätten ihn letztlich ins Kloster getrieben. Daran mochte genug Wahres sein. Denn Martin hatte sich ja nach Kräften bemüht, ein guter Sohn zu sein. Er war strebsam, er war fügsam gewesen und konnte doch sein schlechtes Gefühl mit sich nicht loswerden. Die bedrängenden Selbstzweifel hatten während der Studienzeit eher noch zugenommen. Im Gewitter war ihm dann wohl schockartig klar geworden, dass er sich nur äußerlich gefügt hatte. Er hielt sich für ein Kind des Teufels, für verloren. Martin zog die Konsequenzen und trat die Flucht nach vorne an. Gott musste er sich völlig, mit Leib und Seele, übereignen, um sich vor Satan in Sicherheit zu bringen. Mönch musste er werden. Zum ersten Mal widersetzte er sich offen den Eltern. Der Blitz hatte sein bisheriges Leben Lügen gestraft, jetzt musste er es ändern. Der Vater mochte drohen, so viel er wollte, für Martin war das eine so zentrale Entscheidung, dass er sie nicht widerrufen konnte. Statt des aufgenötigten und darum halben Gehorsams wählte er freiwillig den totalen. Widerstrebend gab der Vater endlich doch seine Zustimmung, aber es blieb beim Bruch zwischen Vater und Sohn. Ein Wiedersehen gab es erst Jahre danach, als Martin, zum Priester geweiht, seine erste Messe lesen sollte.

Die Brüder des »Schwarzen Klosters« nahmen längst nicht jeden. Sie hielten es streng mit ihren Regeln und wollten überzeugt sein, dass ein Bewerber es ernst meine. Martinus wurde zum Probejahr, dem Noviziat, zugelassen. Er bekommt den Besen in die Hand gedrückt und muss »auskehren und ausfegen«, wird wie ein »Hausknecht« gehalten, um seinen Gehorsam zu prüfen. Das Kloster ist vermögend, es muss seinen Unterhalt nicht zusammenbetteln. Trotzdem wird der junge Novize über die Dörfer geschickt, »Sackum per Nackum«, und sei es auch nur, um dem gewesenen Magister klarzumachen, dass seine akademische Bildung ihn nicht über die anderen Brüder stellt: »Man hänge ihm einen Sack über den Nacken und lasse ihn betteln gehen, von Haus zu Haus, durch die Stadt und auf dem Lande.«

Im Kloster ist jeder Schritt, jede Bewegung vorgeschrieben und reglementiert. Persönliche Freiräume gibt es nicht, der Besitz von Privatsachen ist verboten. Die sechs Quadratmeter große Zelle enthält eine Pritsche mit Strohsack und Decke, einen Tisch, Schemel, Wasserkrug und ein Kruzifix. Sie ist nicht zu beheizen. Der Mönch darf in ihr keinen anderen Bruder zu Besuch empfangen, in seinen vier Wänden weder mit sich noch mit einem anderen reden. Martinus wird angehalten, sich gemessen zu bewegen, den Nacken gebeugt, die Hände in den Kuttenärmeln verborgen, seine Augen auf den Boden gerichtet. Die Mahlzeiten sind knapp gehalten, täglich zweimal begegnen sich die Brüder vom »Schwarzen Kloster« zum gemeinsamen Essen. Sprechen und Gelächter sind untersagt.

Siebenmal im Lauf des Tages, morgens um drei Uhr beginnend, finden sich die Mönche zum gemeinsamen Psalmgebet in der Klosterkirche ein. Die letzte Gebetsstunde liegt um Mitternacht. Rund hundert Fastentage pro Jahr sind Vorschrift.

Martinus hat Strenge gesucht und steht das Probejahr durch, ohne wankend zu werden. Er wollte ein guter Mönch werden; die Klosterleute werden selten einen willigeren Bewerber gehabt haben.

Nach seinem Probejahr, im September 1506, wird der junge Bruder feierlich in die Ordensgemeinschaft aufgenommen. Bruder Martinus, ausgestreckt auf der Grabplatte des gefeierten Augustinerpredigers Johannes Zachariae, legt die drei Gelübde ab, gelobt Gehorsam, Armut, Keuschheit bis in den Tod. Das Gelöbnis über dem Grabstein ist sinnbildlich gemeint. Pater Zachariae war als theologischer Sachverständiger am Prozess gegen Johannes Hus, in dem Luther später seinen Vorläufer erkannte, beteiligt gewesen. Der kämpferische Zachariae hatte dafür gesorgt, dass der böhmische Ketzer auf den Scheiterhaufen kam. »Husomastix«, Schlächter, nannte man ihn. Einem Zachariae, wünschte der Orden, sollten es alle Brüder gleichtun, wie dieser die Wahrheit des katholischen Ordens verteidigen. Martinus war dazu bereit. »Wenn einer damals gelehrt hätte, was ich jetzt durch Gottes Gnade glaube und lehre, ich würde ihn mit den Zähnen zerrissen haben«, meint er rückschauend.

Martinus trägt jetzt das weiße Untergewand der Brüder, darüber die schwarze Kutte der Augustiner und als Zeichen, dass er das »Joch Christi« auf sich geladen hat, ein schmales weißes Tuchstück über Schultern, Brust und Nacken, das so genannte »Skapulier«. Diese Tracht hat er fünfzehn Jahre getragen und sie erst in der Bauernkriegszeit mit dem weltlichen Gewand vertauscht.

An seinem Tagesablauf ändert sich nicht viel, aber er erhält jetzt mehr Zeit für das Bibelstudium. Im »Schwarzen Kloster« lernt er die Bibel zum ersten Mal richtig kennen. Sein Handexemplar ist eine in rotes Leder gebundene lateinische Ausgabe. Der Orden legt Wert auf biblische Frömmigkeit. »Als ich jung war, gewöhnte ich mich zur Bibel, las dieselbe oftmals und machte mir den Text vertraut; da ward ich darin so bekannt, dass ich wusste, wo jeglicher Spruch stünde und zu finden war, wenn davon geredet ward. Danach las ich erst die Kommentare. Aber die musste ich zuletzt alle aus den Augen stellen und wegtun, dieweil ich in meinem Gewissen nicht konnte damit zufrieden sein und musste mich wieder mit der Bibel würgen.« Befreiung vom schlechten Gewissen, das ihn von Kindheit an bedrängt, verschaffte Martin die Bibel jetzt noch nicht. Er muss sich mit ihr quälen, seine Ängste und Gewissensqualen nehmen zu. Denn dieser Gott, der in der Bibel steht, hat nur böse Worte für Martinus. Sein Lehrer rät ihm, sich lieber mit den

Kommentaren zu beschäftigen. »Die haben den Saft aus der Bibel gesogen; die Bibel richtet allen Aufruhr an.«

Der innere Aufruhr führt Bruder Martinus bis an den Rand des Zusammenbruchs. »Keine Zunge kann sagen, keine Feder beschreiben, was der Mensch in solchen Augenblicken erleidet. Wenn dieses Leiden auch nur eine halbe Stunde anhielte, ja, nur den zehnten Teil einer Stunde, so würde der Mensch gänzlich zunichte werden und sein Gebein sich in Asche verwandeln. Da erscheint Gott über alle Begriffe furchtbar in seinem Zorn und mit ihm die ganze Kreatur. Keine Flucht ist möglich, nichts gibt es, was einen trösten könnte. Alles ist eine einzige Anklage.« Das ist der ungnädige Gott, dem Luther im Kloster begegnet.

Der völlige Gehorsam, den Bruder Martinus willig leisten möchte, wird zur Lästerung. Es ist nicht zu schaffen, diesen Gott zufrieden zu stellen. Das Rezept der Kindheit, die Eltern damit zu versöhnen, dass er sich zu ihrem Spiegelbild macht, sich ihren Erwartungen anpasst, funktioniert hier nicht. Der Übervater schaut auch hinter den Spiegel, er sieht das wahre Gesicht.

»HERR / du erforschest mich / Und kennest mich.

Ich sitze oder stehe auff so weissestu es / Du verstehest meine Gedancken von ferne.

Ich gehe oder lige / so bistu umb mich / Und sihest alle meine wege.

Denn sihe / Es ist kein wort auff meiner Zungen /
Das du HERR nicht alles wissest.
Solchs erkentnis ist mir zu wünderlich und zu hoch /
Ich kans nicht begreiffen.
WO sol ich hin gehen fur deinem Geist? Und wo sol ich hin fliehen fur deinem Angesicht?
ERforsche mich Gott / und erfare mein Hertz / Prüfe mich und erfahre / wie ichs meine.
Und sihe / ob ich auff bösem wege bin / Und leite mich auff ewigem wege.«
Psalm CXXXIX, »Ein Psalm Davids / vor zu singen.«
Wehzuklagen, müsste es in Martins Fall heißen.

In den Wittenberger Tischgesprächen ist zu lesen, was Martin damals sagte: »In Erfurt sagte ich einmal zu Doktor Staupitz: Lieber Herr Doktor, unser Herrgott geht so gräulich mit den Leuten um. Wer kann ihm dienen, wenn er so um sich schlägt? – Darauf Doktor Staupitz: Lieber, lernet ihn anderst. Wenn er ihm nit so tät, wie könnt er die harten Köpf sonst dämpfen?«

Das musste Martinus einleuchten, sein Problem war ja eben der »harte Kopf« und nicht zum Beispiel sexuelle Frustration, die ihm im vorigen Jahrhundert von seinen Gegnern angedichtet wurde. Für eine krankhafte sexuelle Triebhaftigkeit gibt es keine Belege. Im Gegenteil, Luther, offen, wie er immer über intime Sachen sprach, sagte rückblickend: »Als Mönch habe ich nicht viel sexuelle Gefühle gehabt. Pollutionen waren eine rein körperliche Angelegenheit.«

Staupitz sah das schon richtig. Martins Problem war dieser harte Kopf, der Zwang, den Dingen auf den Grund zu gehen, sich nicht abspeisen zu lassen. Eine ›krankhafte‹ Aufrichtigkeit (falls es das gibt), schonungslose Ehrlichkeit sich selbst gegenüber. Und mit diesem harten Kopf setzte er gegen den Übervater Gott dieselbe Strategie ein wie gegen Vater Hans: perfektes Funktionieren.

Martinus begann Gott zu terrorisieren – unbewusst, gewiss, aber anders ist sein Verhalten nicht zu deuten. »Ist je ein Mönch in den Himmel gekommen durch Möncherei, so wollte ich hineingekommen sein.« Er legte zusätzliche Fasttage ein, schlief auf dem Steinfußboden, kurz, tat alles, was Mönchen bisher eingefallen war, Gott zu erpressen, mit ›guten Werken‹ zu bestechen. Bisweilen fanden ihn die Brüder in seiner Zelle ohnmächtig liegen, ausgelaugt von Fasten, Beten, erstarrt vor Kälte. Wie konnte ihm Gott da noch ungnädig sein, wo er so viel guten Willen sah? Aber offenbar verfingen die guten Werke nicht, die Qual ging weiter, »das Herz zitterte und zappelte«.

Mindestens einmal wöchentlich hatten die Brüder zu beichten. Martinus machte sich dabei zum Dauergast, denunzierte sich selbst, sammelte zwischen den Beichtterminen belastendes Material, Tat-, Wort- und Gedankensünden, spionierte sich aus, zerlegte seine

Gefühle, kam an den Beichtstuhl, kniete nieder, bekannte reuevoll seine Schuld, erhielt Lossprechung, arbeitete die verordneten Bußstrafen ab und besetzte gleich darauf wieder den Stuhl. Kapitulierte ein Beichtvater vor diesen stundenlangen Geständnissen, ging Martinus zum nächsten. Das übergenaue Beichtkind strapazierte die Nerven seiner Praezeptoren: »In Summa, es wollte kein Beichtvater etwas davon wissen. Da dachte ich, solche Qual und Anfechtung hat niemand als du. Da ward ich wie eine tote Leiche.«

Unwissentlich und in bester Absicht unterwarf Luther in dieser Zeit die wichtigste Einrichtung seiner Kirche mit jedem neuen Beichtgang den Bedingungen eines Selbstversuchs. Die Erleichterung, die das Sakrament jedem Bußfertigen verhieß, wollte sich bei ihm nicht einstellen. Es gelang ihm nicht, die Lossprechung des Priesters ohne innere Zweifel anzunehmen. Heilsgewissheit, die Sicherheit, angenommen zu sein, fand er nicht. Damit hatte er den Übervater durch seine Beichtstrategie hilflos gemacht. »Je länger wir uns waschen, je unreiner wir werden«, sagte Luther später. Das Bußsakrament mochte gegen jede Art von Sündenunreinigkeit wirken, gegen Sauberkeitswahn half Beichte nicht.

Seine Vorgesetzten hätten ihm konsequenterweise den Zugang zur Beichte verweigern müssen. Doch das konnten sie nicht. Gerade das nicht. Recht auf Absolution hatte selbst der bußfertige Ketzer. Die Situation erinnert an die verzwickte Frage, die mittelalterliche Gotteslehrer beschäftigte: Ob der Allmächtige auch einen größeren Felsbrocken zu schaffen vermöchte, als dass er ihn heben könne?

Die Streitfrage bleibt unentschieden. Der aufsässige Übereifer Martins schuf ein ähnliches Paradox: Sein Gehorsam strikt nach Vorschrift ließ ihn an der Gnade verzweifeln und machte ihn damit zum Sünder, für den es keine Vergebung mehr gab. Martinus triumphierte nicht. Er war den Weg der religiösen Leistungsgesellschaft bis ans Ende gegangen und stand am Schluss da wie Faust, »der auch an sich selbst verzweifelte und meinte, seine Sünde wäre größer, denn dass sie ihm verziehen möchte werden«.

Dem Kloster sind Martins Schwierigkeiten bekannt. Aber man sieht auch seine große Begabung. Man lässt ihn zum Priester ausbilden. Nur wenige Brüder beruft der Orden in diesen Dienst. Bei Martin mag man gedacht haben, dass es ihm helfen könnte, von seiner Beschäftigung mit sich selbst loszukommen. Als Priester hat er in Erfurt und den umliegenden Dörfern zu predigen, Messe zu lesen, wird Seelsorge üben und anderen Beichte abnehmen müssen. Vielleicht würde ihn das weiterbringen.

Die damalige Priesterausbildung beschränkt sich im Wesentlichen darauf, das komplizierte Ritual der Messehandlung korrekt ausführen zu lernen. Das Messeformular regelt die Handhabung der heiligen Geräte, legt fest, an welchen Stellen des Rituals Kreuze zu schlagen sind und wie viele, es schreibt die Anzahl der Verbeugungen vor, es normiert jede Geste, jedes Wort, damit im Vollzug der heiligen Wandlung Brot und Wein des Abendmahls zu Leib und Blut von Christus werden. »Wie waren wir doch mit der Messe geplagt und sonderlich mit den Kreuzen!«, stöhnt Luther in Wittenberg. »Ach, wir waren arme Leut, rechte Götzendiener. Sie machten etlichen so Bange mit den Worten der Weihe, besonders denen, die fromm waren und die es ernst meinten, dass sie ganz und gar zitterten, wenn sie die Worte sagten: Das ist mein Leib! Denn die musste man ohne jeden Anstoß aussprechen. Wer stammelte oder ein Wort ausließ, der hatte eine große Sünde getan. Dazu musste man die Worte lesen ohne alle fremden Gedanken und also, dass man allein es hörte und die umher waren, nicht. Ich bin auch ein so frommer Mönch gewesen.«

Seine erste Messe, die Primiz, feierte Bruder Martinus am 2. Mai 1507 in der Augustinerkirche vom »Schwarzen Kloster«. Er ist jetzt dreiundzwanzig Jahre alt. Der Vater, vielleicht auch die Mutter und Geschwister sitzen mit im Gottesdienst. Martinus hatte die Familie brieflich zu diesem Festtag eingeladen. Der Vater kam mit zwanzig Mann hoch von Mansfeld herübergeritten. Martinus fühlt sich bei der Messe elend, will mitten in der heiligen Handlung auf und davon. Einer seiner Oberen muss ihm zu Hilfe kommen, damit er die Messe zu Ende bringen kann. »Denn da war kein Glaube«, gesteht er, nur Furcht und Zittern, dass er als Mittler Christus zum Opfer darbringen soll. Ist Martin würdig, dem Vatergott unter die Augen zu treten? Hat die Familie, hat der Vater das Zögern, den versuchten Rückzieher bemerkt?

Martins Vater hat sich nicht lumpen lassen. Für das anschließende Festmahl hat er der Klosterküche den ansehnlichen Betrag von zwanzig Gulden vermacht; eine Summe im Wert von zwei Lehrerjahresgehältern. Mit Musik und Fackelbeleuchtung zieht sich das Fest bis in die Abendstunden. Zwischendurch wendet sich Martin an den Vater: »Lieber Vater, warum habt Ihr Euch so hart widersetzt und wart so zornig, dass Ihr mich nicht gern wolltet ein Mönch werden lassen und vielleicht noch jetzt nicht allzu gern seht?«

Der Vater gibt keine Antwort. Er schaut in die Runde der Doktoren, Mönche, Magister und fragt über den Tisch: »Ihr Gelehrten. Habt Ihr nicht gelesen in der Schrift, dass man Vater und Mutter ehren soll?« Dann erklärt er dem erschrockenen Sohn: »Diesem Gebot zuwider habt Ihr mich und Eure liebe Mutter in unserem Alter verlassen, da wir erst einen Trost und Hilfe von Euch hätten haben sollen, weil ich so viel Kosten auf Eure Studien gewendet habe, und seid wider unseren Willen ins Kloster gegangen.«

Tischgäste suchen zu vermitteln, man erinnert den Vater an den Blitz, die himmlische Berufung. Aber der Vater knurrt: »Wollte nur Gott, dass es nicht ein Teufelstrug war!«

Martin erstarrt, weiß nichts zu erwidern und »konnte dieser Reden hinfort nicht mehr vergessen«.

## Romreise und Wittenberger Professur

*»Die Bibel ist das Buch aller Ketzer.«*

*1508–1516*

Ein Jahr darauf, im Wintersemester 1508/09, kommt Martin nach Wittenberg, damals auch noch »Weißenberg« genannt. Der weiße Elbsand hat der Stadt den Namen gegeben. Sie ist die Hauptstadt des kleinen kursächsischen Fürstentums, rund achtzig Kilometer südwestlich von Berlin gelegen. Das »Schwarze Kloster« hat Bruder Martinus zusammen mit sechs anderen Mönchen als Lehrer an die junge Wittenberger Universität versetzt. Die Hochschule, gerade sechs Jahre alt, zieht im Lauf des Reformationsjahrhunderts 50000 Studenten an sich, die höchste Zahl von Studierenden unter den deutschen Universitäten. Aber 1508 hat die Stadt nur knapp dreihundert Studenten aufzuweisen. Für die Brüder, die aus dem »turmreichen Erfurt« kommen, ist Wittenberg mit seinen zweitausend Einwohnern ein »Nest am Rand der Barbarei«.

Martin bekommt als Philosophiemagister eine Hilfsprofessur übertragen. Er hält nachmittags seine Übungen und besucht während der übrigen Zeit selber Vorlesungen. Er studiert jetzt Theologie. Am liebsten würde er sich ganz auf das eigene Studium werfen, sein Lehrauftrag macht ihm keinen Spaß. Aber als Magister hat er seinen Vorlesungsverpflichtungen nachzukommen. Er tut es widerwillig: »Es ekelte mich an.« Dabei ist seine Versetzung nach Wittenberg eine Beförderung. Der Orden, besonders sein ›Generalbevollmächtigter‹ Johannes von Staupitz, hat Pläne mit ihm. Er kennt Bruder Martinus von gelegentlichen Besuchen im Erfurter Kloster und hat ihm verschiedentlich auch die Beichte abgenommen. Staupitz ist von dem jungen Priester, seinem Eifer um die Bibel, von seinem Wissensdurst und seiner Frömmigkeit fasziniert.

Bereits ein paar Monate nach Studienantritt legt Martin in Wittenberg sein erstes theologisches Examen ab und promoviert zum »Baccalaureus in biblia«. Zusätzlich zu seiner moralphilosophischen Vorlesung erhält er den Lehrauftrag für einen biblischen Grundkurs. Es scheint ihm jetzt besser zu gehen als in den Jahren zuvor, was vor allem dem Einfluss von Staupitz, seinem väterlichen Freund, zu verdanken sein dürfte. Martins Fragen aber haben sich nicht erledigt. Eher spitzen sie sich zu, je tiefer er im Lauf seiner Vorlesungen in die Bibel eindringt. Er spürt, dass Staupitz ihn mag, er fühlt sich angenommen. Aber die Schrecken des ungnädigen Gottes sind geblieben.

In Erfurt sitzen im Jahr 1510 mehrere führende Leute der Augustinerklöster zusammen und diskutieren Ordenspolitik. Ein Plan liegt auf dem Tisch, der die Lebensformen in den verschiedenen Klöstern stärker vereinheitlichen will. Eine Minderheit, darunter die Erfurter, verweigert ihre Zustimmung. Sie fürchtet, dass die geplante Reform ihnen an die Substanz geht, und beschließt, Rom anzurufen, Berufung einzulegen. Ein Pater Procurator wird bestimmt, als Sprecher den Minderheitsanspruch an Ort und Stelle vorzutragen. Martinus, der junge, eifrige Bruder, soll den Procurator begleiten. Martin ist zwar mitten in seinen Vorbereitungen zum Doktor der Heiligen Schrift, doch er muss gehorchen und sein Studium und die Vorlesungstätigkeit unterbrechen. Im November machen sich die beiden Augustinermönche auf den Weg. Nach Rom sind es 1200 Kilometer.

Über die Strapazen dieser Gewalttour verliert Luther später kein Wort. Die Schilderung seiner Reiseeindrücke ist überhaupt spärlich, dabei war er insgesamt mehrere Monate unterwegs und Rom ist seine erste und einzige große Reise.

Die beiden Fratres werden von Kloster zu Kloster weitergereicht. Um Unterkunft müssen sie sich keine Gedanken machen, Gepäck haben sie keins, Essen und Trinken bekommen die Mönche an jeder Haustür gegen Gottesdank umsonst.

Das Ulmer Münster findet Martin zu weitläufig und zu hoch hinaus gebaut. Sein Kommentar: »Feine, mäßige Kirchen mit niedrigen Gewölben sind die besten für Hörer und Prediger.«

Weiter geht es über den Bodensee: »Die Schweizer sind robuste Leute. Ihr Land ist nicht mehr denn Berg und Tal.« Da melken die Männer die Kühe, vermerkt er noch, und das ist schon alles, was er erwähnenswert findet. Die spärlichen Äußerungen lassen vermuten, dass Martinus damals wie blind durch Deutschland und die Schweiz gegangen ist, zu sehr mit sich selbst beschäftigt, um von der großen Welt rundum viel wahrzunehmen.

In Italien holt er sich erst einmal eine Darmkrankheit und muss in Florenz ins Krankenhaus. Dort lobt er die Behandlung, bewundert die Sauberkeit und die vorbildliche Krankenhausordnung: »In Italien sind die Spitäler gut ausgestattet, im ausgezeichneten baulichen Zustand, Essen und Trinken sind gut, das Personal hervorragend, die Ärzte sehr gut ausgebildet, Betten und Kleidung sind ausgesprochen sauber, die Räume ausgemalt.«

Viel mehr Komplimente weiß er dem Land sonst nicht zu machen.

Auch Rom gibt für das Auge des Bruders Martinus nicht viel her. Man zählt in der Stadt 40000 Einwohner, gerade doppelt so viel wie in Erfurt. Das wundert ihn. Die alte Hauptstadt des römischen Weltreiches muss um vieles größer gewesen sein. Er sieht die Reste des Kolosseums, betrachtet niedergebrochene Säulen, Zeugen vergangener Pracht. Aber im Grunde sagt ihm das alles nichts. Für ihn ist es das Blut der heiligen Märtyrer, das Rom so hoch über alle anderen Städte der Erde erhebt. »Da ich's erst sah, fiel ich auf die Erde, hob meine Hände auf und sprach: Sei gegrüßt, du heiliges Rom!«

Kein Rebell kommt da, sondern ein treuer Sohn seiner Kirche, naiv und gläubig. Luther, zehn Jahre später, von Rom gebannt, äußert sich fast nur noch gehässig über diese Stadt. Seine Erinnerungen an den Aufenthalt sind entsprechend verzerrt. Aber jetzt und hier ist Rom für ihn Mutter aller Gläubigen. Er geht die langen Pilgerwege geduldig ab, lässt sich den Stein zeigen, in den die Reuetränen von Petrus, der seinen Herrn verleugnete, eine fingertiefe Rinne gruben, betrachtet voll Schaudern den Strick, an dem sich der Verräter Judas erhängte, besucht die Katakomben und die Kirche, in der man einen Arm der heiligen Anna aufbewahrt, die ihm vor Stotternheim das Leben gerettet hatte.

Natürlich lässt er auch die »Pilatustreppe« zur Laterankirche nicht aus, die Engel von Jerusalem in die Heilige Stadt versetzt haben. Achtundzwanzig Stufen rutscht er »in knienden Gang« nach oben, murmelt »auf jeder Stufe ein Paternoster, denn es war die Meinung, wer so betete, würde eine Seele erlösen«. Dreizehn Jahre später lautet sein Kommentar dazu: »Ich hab zuvor glauben können allen Scheistrecken.«

Aber noch ist er als treuer Sohn seiner Kirche in Rom, legt gleich zu Anfang eine »Generalbeichte« ab und liest unzählige »Seelenmessen« für verstorbene Freunde und Verwandte, deren Seelen er kraft seines priesterlichen Amtes durch das Opfer von Christus, das er darbringt, aus ihren Fegefeuerqualen erlöst. Vielleicht hat er eine ganze Liste mit Namen dabei für alle, die er an Roms Altären erlösen möchte. Fast bedauert er, dass seine Eltern noch leben. Sonst könnte er, der entlaufene Sohn, sie jetzt in den Himmel beten. Martinus, der Empfindsame, muss in der Heiligen Stadt seine priesterliche Macht unter weihevollen Schauern erlebt haben. Er geht andächtig das Messeritual durch, Wort für Wort. Es wundert ihn, dass die italienischen Kollegen es mit der Messe so viel lockerer nehmen, »rips, raps« sind sie fertig und drängen diesen umständlichen Deutschen zur Eile.

Nach vier Wochen Rom erhalten die Augustiner-Fratres ihren Bescheid. Dem Einspruch des Erfurter Klosters wird nicht stattgegeben. Mit Datum vom Januar 1511 verzeichnen die Akten der Kurienverwaltung: *Appellare ex legibus germani prohibentur:* »Es ist den Deutschen untersagt worden, Berufung einzulegen.« Ihre Mission ist zu Ende, Martinus und der Pater Procurator machen sich auf den Heimweg. Mittlerweile ist tiefer Winter, die Alpenpässe sind verschneit. Ende Februar, Anfang März erreichen sie Augsburg.

Mit der Aufzählung von Sehenswürdigkeiten, Ereignissen und Möglichkeiten, die dem jungen Mönch entgangen sind, ließen sich Bände füllen. Michelangelo lag zu dieser Zeit rücklings auf dem Gerüst unter der Decke der Sixtinischen Kapelle und arbeitete an seinen Fresken. Für den Bau der Peterskirche wurden gerade die Fundamente gelegt. Raffael bemalte die Gemächer des Papstes. Martinus hätte sich auch bei den ortskundigen Fratres des Augustinerklosters Santa Maria del Popolo, das die beiden Reisenden beherbergte, über die vatikanische Hofhaltung unterrichten lassen können. Sie hätten ihm vorgerechnet, dass der überwiegende Teil der päpstlichen Einnahmen aus den Silbertöpfen Deutschlands kam, dass bayerische und Pfälzer Bauern und Handwerker den Kunst- und Wissenschaftsboom Roms finanzierten. Auch in den Bibliotheken Roms hätte Martin herumstöbern können und möglicherweise wäre ihm dabei ein Buch des Lorenzo Valla unter die Hände gekommen. Valla wies nach, dass jener angebliche Rechtstitel, auf den das Papsttum jahrhundertelang seine politischen Ansprüche sowie das Territorialrecht auf den Kirchenstaat gründete, die so genannte »Konstantinische Schenkung«, eine Fälschung war; der größte und folgenreichste Dokumentenschwindel aller Zeiten.

Nichts davon hat Martin in Rom mitbekommen, er kam nicht als Tourist und auch nicht als kritischer Beobachter. Nicht einmal den Heiligen Vater bekam er auf seiner Dienstreise zu sehen.

Papst Julius, den seine Zeitgenossen »il Terrible«, den Schrecklichen, nannten, führte gerade wieder einmal Krieg. Unter seiner Herrschaft erreichte der Kirchenstaat seine größte Ausdehnung, nahm ganz Mittelitalien ein, von der oberen Adria bis ans Thyrrhenische Meer. Im Winter 1510 fiel Julius mit seinen Truppen in die reiche Grafschaft Mirandola ein und eroberte sie. »Er hatte mehr Lust zu kriegen, denn das priesterlich Amt zu bedienen«, notiert ein Chronist. Luther später: »Er war ein Weltmensch. Alle Tage stand er des Morgens früh um zwei Uhr auf und richtete seine Angelegenheiten aus bis um fünf oder sechs. Danach nahm er die weltlichen Geschäfte vor, Kriegen, Bauen, Finanzen usw. Man sagt, er habe 56 Tonnen Goldes gehabt.«

Das alles interessiert Martin damals noch nicht. Nicht Rom, sondern erst die Bibel hat ihm die Augen über den Zustand der Kirche geöffnet.

Zurück in Wittenberg, widmet sich Martin seinen Ethik- und Bibelvorlesungen, setzt das unterbrochene Studium fort. Sein Tagesablauf ist bepackt mit Terminen. Hier das Kloster, da die Universität. Er ist Mönch, Dozent und Student und muss sich schier zerreißen, um all seinen Verpflichtungen nachzukommen. »Wenn ich die sechs Tage in der Woche die horas canonicas nicht beten konnte, so nahm ich den Sonnabend für mich und blieb ungegessen den Mittag bis auf den Abend und betete den ganzen Tag über.«

Staupitz drängt, der Bruder möge seinen theologischen Doktor machen. Martin macht Einwände, rechnet seine Termine vor. Er ist zum stellvertretenden

Prior des Klosters und zum Distriktvikar befördert worden, dem es obliegt, die geistliche Aufsicht über zwölf weitere Klöster zu führen. Das bringt neue, zusätzliche Pflichten mit sich, aber auch eine Vergünstigung: Martin erhält im Turmgeschoss des Klosters einen eigenen, beheizbaren Arbeitsraum zugewiesen. Hier kann er ungestört arbeiten. Das »Stüblein« bleibt Luthers Arbeitszimmer bis zum Todesjahr.

Am 18. Oktober 1512 wird Martin durch den Fakultätsdekan Andreas Karlstadt zum »Doktor der Heiligen Schrift« promoviert, am folgenden Tag leistet er seinen Doktoreneid und wird als Professor in den Senat der Universität aufgenommen. Am 23. Oktober, mit Beginn des Wintersemesters, nimmt er seine Vorlesungstätigkeit auf.

Die Doktorwürde kostet Geld, fünfzig Gulden, eine unerschwingliche Summe. Sein Fürst Friedrich, dem als Landesherrn die Universität untersteht, erlässt dem frisch gebackenen Professor die Gebühr gegen die Verpflichtung, »die Lectura in Biblia in der theologischen Fakultät sein Leben lang zu versorgen«. Mit seinen 28 Jahren ist Martin noch jung für den neuen akademischen Grad. »Viele wunderten sich damals«, erinnert er sich. Und jetzt beginnt eine aufreibende Arbeitszeit. Ein Brief aus dieser Zeit veranschaulicht das: »Für meine Arbeit brauchte ich zwei Schreiber; ich tue fast nichts am Tage als Briefe abfassen; ich bin Klosterprediger, Vorsteher bei Tische, werde täglich in die Pfarrkirche gerufen zum Predigen, bin Studienaufseher, Vikar, was so viel heißt wie Prior über elf Klöster, Kontrolleur unserer Fischteiche bei Litzkau, lese über Paulus Kolleg, sammele Material über die Psalmen – wie schon gesagt, neben der Arbeit, die den größten Teil der Zeit beansprucht, dem Briefeschreiben. Selten bleibt mir Zeit, meine Horengebete zu verrichten oder Messe zu lesen. Da siehst du, wie müßig ich gehe.« Und schludern kann dieser Martin Luther nicht. Sehr gewissenhaft versucht er all seinen Verpflichtungen nachzukommen, als Mönch, als Subprior, als Distriktsvikar, als Professor.

Seine Bibelprofessur zwingt ihm eine andere Art der Beschäftigung mit der Bibel auf als bisher, wo es ihm um seine, die eigene, private Sache mit dem ungnädigen Gott gegangen war. Seine Hörer verlangen Klarheit, Wahrheit. Martin selbst, und das unerbittlich, fordert Gewissheit. Er legt den Bibeltext aus, Wort für Wort, macht sich endlose Mühe mit seinen Vorlesungsvorbereitungen. Er lernt Griechisch, bemüht sich ums Hebräische, die Ursprachen der Bibel, deren offizieller Text noch immer der lateinische ist.

Sein Sprachenstudium ist keine Verbeugung vor dem Humanismus, der neuen Bildung. Ihm geht es nicht um Gelehrtenideale. Der Wittenberger Doktor will wissen, was da steht, wortwörtlich, er will mit eigenen Augen den Urtext lesen. »Unwissenheit entschuldigt nur in weltlichen Dingen, aber nicht in der Theologie.« Die Autorität der kirchenamtlichen Kommentare, geborgte Gewissheit, reicht ihm nicht, wenn er vor seinen Hörern zu dem stehen soll, was er sagt. Die Zuhörer merken das. Die Vorlesungen des neuen Professors sind gefragt. Scholaren pilgern nach Wittenberg, Luther wird zu einem Geheimtipp für Eingeweihte.

Seine Vorlesungsmanuskripte sind zum großen Teil noch erhalten. Ihnen ist zu entnehmen, dass er es seinen Studenten alles andere als leicht gemacht hat. Sie gingen trotzdem mit, weil dieser Mann sich selbst auch nichts schenkte und weil sie wohl spürten, dass in seinen Fragen auch ihre vorkamen.

Martin macht rigorosen Gebrauch von »Ockhams Messer«. Keine unnötigen Theorien, keine Spekulationen! Die kritische Theorie Erfurts wird zu einem Sezierinstrument. Noch ist in seinen Vorlesungstexten alles beieinander, Himmel, Hölle, Fegefeuer, die Heiligen, Reliquien, Ablass, Möncherei und gute Werke, Mutter Gottes, verdienstliche Reue, »des Papstes ganzer Trödelmarkt«. Aber die Atmosphäre stimmt nicht mehr. Das schöne Große und Ganze zerfällt lautlos in seine Bestandteile. Ockhams Messer zerschneidet das geistige Band, das bisher alles zusammenhielt: Für Martin gibt es keine ungeprüft anerkannten Autoritäten mehr. Er selbst hat das später so formuliert: »Im Papsttum haben wir auf Möncherei und die Verdienste anderer vertraut, jetztund muss ein jeder auff sich selbst trauen und faren.«

Es ist das alte Lied, das Martin in diesen Tagen nicht aus dem Kopf kriegt: Dir und mir ist niemand hold, das ist unser beider Schuld. Warum ist die Mutter, die ich liebe, so böse mit mir? Warum geht Gott so gräulich mit den Leuten um? Wer kann ihm dienen, wenn er so um sich schlägt?

Durch Gehorsam erkaufte Liebe hat sich für Martin als Irrweg erwiesen. Andere mögen mit dem Rezept zurechtkommen, er nicht. Sein »harter Kopf« steckt dazwischen. Es geht immer um dasselbe: Wie kann ich sein, wie ich bin, ohne erst meine Existenzberechtigung nachweisen zu müssen? Wo darf ich schreien, wenn ich muss, werde angenommen, auch wenn ich meine Wut rauslasse, wenn ich nicht funktioniere? Martin war gehorsam gewesen, hatte gebeichtet, Sünden bekannt, Bußstrafen willig ausgeführt, »dennoch habe ich nie die gewünschte Gewissheit erlangt«. Ein Satz wie von dem sagenhaften Doktor Faust.

Dass Anpassung kein Weg ist, den hintergründigen Selbstzweifel loszuwerden, hatte er an sich selbst erfahren. Sigmund Freud hat das für unsere Gegenwart nochmals bestätigt, nachdem auch die protestantische Kirche und wahrscheinlich schon der alte Luther selbst diese Wahrheit wieder begraben hatten. In seinen besten Jahren aber sah Martin da ganz klar. »Freiheit vom Gesetz«, wie er das in biblischem Sprachgebrauch nannte, war für ihn die Voraussetzung, vom Zwang der Selbstrechtfertigung loszukommen. »Der Seele Gesetze zu geben verdirbt nur die Seele«, sagt er und: »Durch das Gesetz wird kein Mensch besser, sondern nur ärger.«

Das aber verschärft das Problem, macht die Situation erst recht kritisch. Wenn das Gesetz draußen bleibt, also innere Stabilität, Identität nicht über den Weg der Bestätigung durch die Autorität, über Lohn und Leistung zu erreichen sind – was bleibt dann? Das ist Martins Frage, die er ständig mit seinen Studenten durchgeht. Auch Professorenkollegen wie sein Lehrer Andreas Karlstein sitzen jetzt mit unter seinem Katheder, atemlos, gebannt. Vom Rektor der Universität, einem Doktor dreier Fakultäten, wird der Ausspruch überliefert: »Dieser Mönch wird eine neue Lehre aufbringen.«

Die Vorstellung von Luther als Mönch, der einsam in seiner Zelle kniet, mit seinem Gott ringt, sich die Bibel greift und die richtige Stelle findet – das ist Legende. Allein mit seinem Gott ist Doktor Martinus jetzt höchst selten; dazu hat er einfach nicht die Zeit. Und auch die Blitzerleuchtungen, wie sie die Legende Luther zuschreibt, verdienen eine kritische Überprüfung. Dabei klingt es im Alter bei Luther selbst manchmal so, als sei ihm die rettende Wahrheit mit einem Schlag klar geworden. Ein Jahr vor seinem Tod erzählt er: »Den gerechten, Sünde strafenden Gott konnte ich nicht lieben. Ja, ich hasste ihn, und wenn ich ihm auch nicht offen fluchte, knirschte ich doch voll Zorn und fragte mich empört: Es ist schlimm genug, dass die elenden Sünder durch die Zehn Gebote so geplagt und unter Druck sind. Muss Gott die Qual durch noch mehr Quälereien vermehren? Muss er uns auch noch durch das Evangelium mit seiner Gerechtigkeit und mit seinem Zorn bedrohen? Tag und Nacht dachte ich über den Textzusammenhang nach: ›Die Gerechtigkeit Gottes wird im Evangelium offenbar, wie geschrieben steht: Der Gerechte wird aus Glauben leben.‹ Dann fing ich an zu verstehen: Es ist eine Gerechtigkeit gemeint, durch die uns Gott aus Mitgefühl gerecht macht durch den Glauben! Da fühlte ich mich völlig neugeboren, mir war eine Tür aufgegangen, ich hatte das Paradies betreten.«

Das klingt wie eine Augenblickserleuchtung. Doch die war das Ergebnis von mühseliger biblischer Textarbeit nach den Verfahrensregeln von Analyse, Interpretation und Worterklärung aus dem Zusammenhang. Genau das ist auch Martins Verständnis der Sache. Gewissheit gab es für ihn nur durch das Wort; als kontrollierte Gewissheit.

Sein Gegenbeispiel ist Pascal, französischer Mathematiker und Philosoph. Im Futter seines Rockes, den er zuletzt trug, fand man den handschriftlichen Zettel: »Im Jahr der Gnade 1654 / Montag den 23. November / Seit ungefähr abends zehneinhalb Uhr bis ungefähr eine halbe Stunde nach Mitternacht / FEUER / Gott Abrahams, Gott Isaaks, Gott Jakobs / nicht der Philosophen und der Gelehrten / Gewissheit, Gewissheit, Empfinden: Freude, Friede / Gott Jesu Christi.«

Zwischen der Feuervision Pascals und der Theologie Luthers liegen Welten. Für ihn offenbart sich Gott nicht in Visionen, Ekstasen oder Meditationen, von himmlischen »Traumgeschichten« hält er nichts. »Käme selbst ein Engel vom Himmel, dass ich ihn mit meinen Augen schauen könnte, würde ich trotzdem sagen: Ich glaube dir nicht.« Gott bleibt für Martin, was er bei der kritischen Theorie Erfurts gelernt hat: ein fremder Gott, von dem wir ohne Bibel nichts wüssten. Das Wort allein ist sein Transportmittel, ein anderes Medium benutzt er nicht. »Gott wirkt durch das Wort, sonst durch nichts. Das Wort ist ein Wagen und Werkzeug im Herzen.«

Die Bibel aber, warnt der Wittenberger Professor seine Studenten, wird nur aus ihrem Zusammenhang klar. Nicht alles, was da auf dem Papier steht, ist gleich wichtig oder richtig. »In der Schrift muss man darauf achten, nicht allein was, sondern wer es sage.« Menschen haben ihre Erfahrungen mit Gott überliefert, aber »dass alles also sollte geschehen und gehandelt sein, glaube ich nicht«, erklärt Luther. Manches in der Bibel ist sogar »stracks widereinander«. Dennoch, das Zeugnis der Bibel ist in sich eindeutig und unmissverständlich. Sie will nichts als Christus zu

Gehör bringen, der an die Stelle der »Tyrannen und Stockmeister« getreten ist. »Man muss einen klaren Spruch vor Augen haben, dann kann man sich bei allen dunklen Stellen danach richten.«

Mit der Einsicht, dass in der Schrift allein auf Christus als Gottes Wort zu achten sei, hat Martin die päpstliche Kirche und auch Erfurt hinter sich gelassen. Ockham lehrte, dass Gott sich ausschließlich in der Bibel mitteilt, aber in der Bibel, fügt Luther jetzt hinzu, erschließt sich Gott erst völlig in dem Gekreuzigten. »Christus ist anders als Mose, Papst und die ganze Welt; ja, er ist anders, er ist mehr als unser Gewissen.« Unter Berufung auf ihn, der sich für die Feindesliebe kreuzigen ließ, darf sich der Mensch bedingungslos angenommen wissen, erklärt Martin. Für Martin selbst bedeutet das, dass er nun damit aufhören kann, sich im Innern als seinen eigenen Gegenspieler zu befeinden. Der Zwang lässt von ihm ab, sich annehmbar machen zu müssen, sich selbst zu rechtfertigen, seine Existenzberechtigung mit guten Leistungen und Werken nachzuweisen. Luther betont in seinen Vorlesungen: Wer die Bibel so liest, hat sie missverstanden. »Wenn Christus kommt und redet mit dir wie Moses: Was hastu getan? ßo schlahe yhn zu tod. Wenn er aber wie Gott und dein Heiland mit dir redet, dann recke beide Ohren.«

Das »Jhesichen«, wie Luther Christus zärtlich nennt, sein Kreuz ist der Ort, wo das schlechte Gewissen mit sich endet. Es überkommt ihn ungläubiges Staunen: »Wenn ich unendliche Welten hätte, so gäbe ich sie alle, um vollkommen zu verstehen, was ich lehre.«

Luthers reformatorische Entdeckung der »Freiheit vom Gesetz« ist das Ergebnis langer Auseinandersetzungen, die ihm zugleich auch körperlich zusetzten. Kalter Schweiß peinigte ihn, wenn ihn die Anfechtungszweifel überfielen, und während der Erfurter Klosterzeit brachten ihn seine Konflikte mehrmals bis zum physischen Zusammenbruch. Seine Gegner, die ihm tote Buchstabengläubigkeit vorwarfen, fertigte er einmal mit der Bemerkung ab: »Dise kunst hatt mir der Spiritus Sanctus, der Heilige Geist, auf diss Cloaca eingeben.« Wie spöttisch oder ernst die Angabe mit dem Mönchsklo tatsächlich gemeint war, darüber konnten sich Lutherforscher noch im vorigen Jahrhundert bis zur Weißglut erhitzen. Mit Sicherheit aber zeigt dieser Anspruch Martins Befreiung vom Sauberkeitswahn. Martin ist fähig geworden, auch seine Kehrseite zu akzeptieren, er braucht sich nicht mehr unentwegt zu reinigen, um annehmbar zu sein. Den inneren Quälgeistern, die ihn von Kindheit an peinigten, bleibt nicht das letzte Wort. Er kann ihnen jetzt seine neue Glaubensgewissheit entgegensetzen.

## Wittenberger Thesen

*»Man tut besser daran, wenn man dem Nächsten einen Pfennig gibt, als wenn man Petrus eine goldene Kirche baut.«*

*1517*

Wie tragfähig die neue Gewissheit war, musste sich bald erweisen. Im Thesenjahr 1517 verlagert sich der Schauplatz der Kämpfe von der Klosterzelle in die Außenwelt. Um diese Zeit bringt man die ersten Schiffsladungen mit schwarzen Sklaven in die neue Welt. Afrika blutet aus, in den kommenden drei Jahrhunderten verliert es zwischen 30 und 100 Millionen Menschen. In Nürnberg läuft die Massenproduktion von Taschenuhren an. Auch Martin bekommt von Freunden eine geschenkt, benützt aber auf Reisen lieber weiter sein »Sand-Ührlein«, es hält die Zeit genauer. Bayern erlässt das heute noch gültige Bierbraugesetz: »Wer Bier gefährlich mischet oder anderes denn Malz, Hopfen und Wasser dazu nähme, der soll mit einem Pfund Pfennig gepönt werden.« Die Männer tragen gepuffte, bunte Hosen, am Hals gekrauste Hemden unterm Wams, als Kopfbedeckung das helle Barett. In Italien schreibt der Fürstenberater Machiavelli an seiner Staatstheorie: Politik hat nichts mit Moral zu tun. Es kommt nur auf den Erfolg, das Durchsetzungsvermögen an.

Julius II. ist tot. Zum Nachfolger auf den Heiligen Stuhl wird 1513 Leo X. gewählt.

Leos Familie, Florentiner Bankiers, kaufte den Jungen bereits mit vierzehn Jahren in die Kardinalswürde ein. Als ihm die Luthersache zum ersten Mal auf den Tisch kommt, ist er 43 Jahre alt. Ein Zeitchronist schildert den Florentiner: »Leo der Zehnte, als welcher adelig geboren und auferzogen worden, hatte viel feine Tugenden an sich, da er Papst ward; unter anderem war er gelehrt und in den freien Künsten erfahren; er war gütig, freundlich und über die Maßen anmutig; daneben freigebig und gelehrten und tapferen Leuten sehr gewogen, also dass man in langer Zeit keinen Papst gesehen hatte, der ihm darin wäre zu vergleichen gewesen. Und es hätte ihm zu seinem Amt nichts gemangelt, wenn er nur in Religionssachen etwas mehr erfahren und zu Gottseligkeit etwas mehr geneigt gewesen wäre.« Ungleichere Leute als Leo und Luther sind kaum denkbar. Aber dass sie zu Gegenspielern wurden, hat weniger mit unterschiedlicher Herkunft und gegensätzlichem Charakter zu tun, sondern ergab sich aus der Situation, aus dem geschichtlichen Augenblick.

»Ego provocatus – Ich sah mich herausgefordert«, äußerte Martin hinterher. Damit fing die Ablassgeschichte an.

Er sitzt in der Wittenberger Stadtkirche, hört Beichte und kriegt Scheine präsentiert: »Wir tun kraft der uns verliehenen Gewalt durch diesen Brief kund und zu wissen, dass der M. Menner von dem von ihm verübten Totschlag freigesprochen ist. Wir befehlen allen und jedem Einzelnen, kirchlichen Amtspersonen und Laien, dass niemand diesen M. Menner irgendwie wegen dieses Totschlages anklage, verurteile oder verdamme.« Kostenpunkt: 7 Dukaten.

Mit solchen Scheinen kennt Martin sich aus. Nach zehn Jahren Praxis ist er ein erfahrener Beichtvater. Dutzende, wenn nicht hunderte von solchen Bescheinigungen sind ihm im Lauf der letzten Jahre vorgelegt worden. Die Sache geht in Ordnung, die Bußstrafe entfällt. Allerdings muss sich der Priester erst vergewissern, ob sein Beichtkind die Tat auch ernstlich bereut. Anders nützt ihm nämlich nach amtlicher Lehre der ganze Schein nichts. Also fragt Martin: Ist es dir auch leid? Bereust du, was du getan hast?

Was weiter passiert, erzählt Luthers erster Biograph so: »Und als sie große Klumpen vorgaben und sich hören ließen, dass sie weder von Ehebruch, Hurerei, Wucherei noch von unrechtem Gut und dergleichen Sünde und Bosheit ablassen wollten, da wollte sie der Doktor nicht freisprechen, weil keine rechte Buße noch Besserung angegeben wurde. Da beriefen sich die Beichtkinder auf ihre Papstbriefe und auf die Gnade und den Ablass des Tetzel, gingen wieder zu Tetzel und klagten ihm, wie dieser Augustinermönch auf ihren Brief nichts geben wollte. Tetzel wurde über solche neue Nachricht sehr zornig, wütete, schalt und fluchte gräulich von der Kanzel und drohte mörderisch, ließ ein Feuer auf dem Marktplatz anzünden und wies damit darauf hin, dass er vom Papst Befehl hätte, die Ketzer, die dem Allerheiligsten, dem Papst und seinem Ablass entgegenträten, zu verbrennen.«

Martin beschreibt seine Reaktion: »Da ging ich herzu wie ein geblendet Pferd, denn der Tetzel machte es gar zu grob mit seinem Ablass.«

Den Ablass an sich stellt er zu diesem Zeitpunkt noch nicht in Frage. Auch nicht das Recht des Papstes, auf diesem Weg Christenleute von kirchlichen Bußstrafen zu lösen. Die Praxis der Kirche kommt einem allgemeinen Bedürfnis entgegen: Ein schlechtes Gewissen hat schließlich jeder, die Befreiung davon und von der Angst vorm Fegefeuer lässt man sich gerne etwas kosten. Die Leute »rannten wie toll«, die begehrten Scheine zu kaufen, bemerkt Luther böse. Dabei ist er, wie gesagt, gar nicht grundsätzlich dagegen. Schließlich haben die Heiligen so viele gute Werke getan, viel mehr, als sie für sich selbst brauchten, so dass der Rest in die Verfügung der Kirche wanderte. Und sollte einmal der Schatz der Heiligen versiegen, die Verdienste Christi sind unerschöpflich! Der Papst als Stellvertreter des Gottessohnes gibt dessen und der Heiligen Verdienste an arme Sünder weiter, die mit ihren guten Werken nicht nachkommen. Das alles ist gutes Recht. Jedoch das Bußsakrament darf damit nicht ausgehöhlt werden!

Eben das aber tut der Dominikaner, der in der benachbarten Mark Brandenburg herumzieht und wie verrückt Ablass ausschreit. Der macht es den Leuten zu leicht, bringt die Lehren der Kirche durcheinander. Martin, Doktor der Heiligen Schrift, hat bei Empfang seiner akademischen Würde beeiden müssen, die christliche Lehre rein zu erhalten; als Universitätslehrer steht ihm zugleich das Recht zu, theologische Fragen öffentlich zu diskutieren. Dass dieser Tetzel sich hinstellt und wie ein Marktschreier posaunt, für Geld könne man alles, sogar Verstorbene aus dem Fegefeuer freikaufen, das kann, so sagt er sich, nicht im Sinne des Heiligen Vaters sein. Wenn Ablass, dann doch nur für die Lebenden, und auch dann ausschließlich für den, dem seine Sünden leid sind, der bereit ist umzukehren! Der Doktor studiert mit Entsetzen den Text einer Tetzelpredigt: »Sieh deine Mutter an! Wie sie von den Flammen des Fegefeuers gequält wird! Und das leidet sie deinetwegen! Du könntest ihr ja mit einem Groschen zur Hilfe kommen! Ach, wehe über euch! Um eurer Undankbarkeit willen, dass ihr Gottes bluttriefende Gnade so verachtet, die doch so billig zu haben ist!«

Billig, genau das ist es, was Martin so empört. Da hat er sich jahrelang mit dem ungnädigen Gott herumgequält und hier kommt dieser Tetzel und spricht von ›billiger Gnade‹. Wenn das christliche Lehre ist, kann Martin seinen Lehrstuhl aufgeben, kann sich die Kirche auch gleich selbst auflösen und ihre Angelegenheiten Händlern, Wucherern und Dieben überlassen und muss sich niemand mehr mit biblischen Texten plagen! Und dabei beruft sich der Tetzel auch noch auf den Heiligen Vater höchstpersönlich: Er hätte solche Gewalt und Gnade vom Papst; selbst wenn einer die heilige Jungfrau Maria, die Gottesmutter, vergewaltigt hätte, könne er die Sache vergeben, sofern derjenige nur die entsprechende Gebühr in den Kasten lege!

Martin ist klar, dass etwas geschehen muss. Eine öffentliche Diskussion muss her, die Theologen müssen definieren, eindeutig und klar, wozu Ablass gut ist und wo sein Missbrauch anfängt. Ihm sei dabei heiß geworden, berichtet er, denn er war »ein junger, frisch geschmiedeter Doktor, hitzig und eifrig in der Heiligen Schrift«. Er setzt sich hin und formuliert, in Latein, der Akademikersprache.

Das Arbeitspapier, sein Thesenzettel, umfasst zum Schluss 95 Sätze. Sie sollen die Diskussionsgrundlage abgeben.

In der Eröffnung heißt es: Buße soll das ganze Leben der Christen sein, nämlich Bewusstseinsänderung, Sinneswandel. Der Ablass kann nur von Strafen freikaufen, die von der Kirche als Institution verhängt werden, vom Fegefeuer aber kann er nicht lösen.

Überhaupt: »Wer weiß denn, ob alle Seelen aus dem Fegefeuer freigekauft werden möchten?«

Vorsichtig also soll Ablass gepredigt werden, dass nicht der Eindruck entsteht, man könne sich von den Werken der Liebe durch Geld freikaufen.

»Docendi sunt Christiani«: Lehren soll man die Christen, dass, wer einem Armen gibt oder einem Bedürftigen leiht, besser tut, als wenn er Ablass kauft.

»Docendi sunt Christiani«: Dass der Papst es nötiger hat, dass man für ihn betet, als dass er Geld braucht.

Luther fordert eine Diskussion über folgende Fragen: »Warum macht der Papst nicht das Fegefeuer ganz leer? Und zwar aus heiligster Liebe und um der höchsten Not der Seelen willen? Oder warum erbaut der Papst, der heute reicher ist als die reichsten Leute, nicht die Peterskirche mit seinem eigenen Geld?« Und zum Schluss: Ermahnen soll man die Christen, dass sie sich nicht in falsche Sicherheit wiegen lassen, ermutigen soll man sie, »durch Strafen, Tod und Hölle hindurch« Christus zu folgen.

Am Vorabend vom Allerheiligenfest, dem 31. Oktober 1517, bringt Luther seine Thesen an der Tür der Schlosskirche zu Wittenberg an. Ein Exemplar seines Diskussionspapiers schickt er seinem zuständigen Bischof, ein weiteres dem Erzbischof Albrecht, unter dessen Schirmherrschaft und Federführung der Ablassvertrieb der Dominikaner erfolgt.

Die Wittenberger Universität hat dann auch tatsächlich das Papier diskutiert. Aber die Kollegen der anderen Hochschulen, in Leipzig, Köln und den sonstigen deutschen Landen, stellen sich tot. Vielleicht, weil sie die Hintergrundinformationen hatten, über die der Doktor in der Provinz nicht verfügte.

Der Heilige Vater brauchte Geld. Seine Einkünfte waren zwar noch beträchtlicher als die seines Amtsvorgängers Julius, der ihm ein dickes Finanzpolster vermacht hatte, trotzdem hinterließ Leo bei seinem Tod Schulden in der Höhe eines Staatshaushalts. Sie drückten ihn nicht übermäßig: Nach dem Ausspruch eines seiner Amtsvorgänger benötigt der Papst nur eine Schreibfeder, um jeden beliebigen Betrag zu kassieren. Der »Schatz Christi« lieferte die unerschöpfliche Deckungsreserve.

Leo legte das Geld, das Seelen erlösen sollte, im Diesseits an. Er finanzierte die italienische Renaissance, unterhielt ein stehendes Heer, das sich mit dem französischen messen konnte, leistete sich eine Verwaltung von 3000 Angestellten und glänzte mit Festen und Feiern.

Eine der Haupteinnahmequellen ist zu dieser Zeit der Ämterkauf. Hohe kirchliche Posten wie Prälaturen, Bischofsämter, Kardinalshüte werden nicht nach Verdienst und Würdigkeit vergeben, sondern praktisch vom Meistbietenden ersteigert. Ein gutes Beispiel dafür ist Luthers Erzbischof Albrecht, der

Schirmherr und federführende Mann in der Tetzelsache. Albrecht ist noch sehr jung, aber bereits Mainzer Kardinal und in dieser Stellung zugleich Erzkanzler des Heiligen Römischen Reiches Deutscher Nation. In kirchliche Würden war Albrecht schon als Jugendlicher eingekauft worden. Mit achtzehn Jahren war er Domherr zu Mainz. Im Jahr 1515 bot sich ihm die Gelegenheit, mehrere Bischofsstellen in seiner Hand zu vereinen. Doch das war außerhalb der Legalität und überdies hatte Albrecht mit seinen jetzt fünfundzwanzig Jahren noch nicht das vom Kirchenrecht für diese Ämter vorgeschriebene Alter erreicht.

Eine Sonderregelung aus Rom musste her. Die kostete Geld, viel Geld, wie sich zeigen sollte. 23379 Dukaten, eine zäh ausgepokerte Summe. Allerdings hat auch Albrecht einen Betrag dieser Größenordnung nicht flüssig, Leo aber besteht auf sofortiger Zahlung.

Jakob Fugger, »der Reiche« aus Augsburg, wird eingeschaltet. Er finanziert die dreiundzwanzigtausenddreihundertneunundsiebzig Dukaten vor. Als Sicherheit für den Bankkaufmann verpflichtet sich Leo, einen Ablass auszuschreiben. Daraus sollen sich zum einen Albrecht und die Fugger rückfinanzieren, während die verbleibende Hälfte des Erlöses dem Papst zum Weiterbau der Peterskirche zufallen soll.

Das Dreiecksgeschäft, gedeckt durch den »Schatz Christi«, wird abgeschlossen und besiegelt und Albrecht ruft in seinen deutschen Landen 1517 den Ablass aus. Sein Generalvertreter ist der in diesen Dingen erfahrene Dominikanermönch Tetzel. Der wiederum wird von Fuggeragenten auf seinen Handelsreisen begleitet und kontrolliert.

Von diesem gewinnträchtigen Millionenspiel im Hintergrund wird Martin nichts gewusst haben.

Den Pressewirbel, den seine Thesen auslösten, hat er weder vorausgesehen noch geplant. Er hatte lediglich dem Tetzel dazwischenfahren wollen und war dabei der europäischen Hochfinanz in die Quere gekommen.

Die »Gelehrten, die Verkehrten« hielten sich vorsichtig zurück; dafür aber reagierte die breite Öffentlichkeit spontan.

Luther hatte seine Thesen in Wittenberg in Druck gegeben, dann erschienen sie in Basel, Leipzig und Nürnberg. Entgegen seinen Wünschen wurde der »Zettel« in Nürnberg übersetzt und in Massen auf den Markt geworfen. »Ehe 14 Tage vergangen waren, hatten diese Thesen das ganze Deutschland und in vier Wochen fast die ganze Christenheit durchlaufen, als wären die Engel selber Botenläufer und trügen sie vor aller Menschen Augen. Es glaubt kein Mensch, was für ein Gerede davon entstand.« Durch die öffentliche Diskussion kommt jetzt auch die Geldwäscherei des Unternehmens zum Vorschein.

An kirchliche Finanzskandale war man gewohnt,

hatte die rein ökonomische Orientierung der päpstlichen Politik hingenommen. Doch da kam dieser Mönch Martinus, erinnerte an öffentliche Moral, setzte ein Zeichen.

Tetzel wehrt sich mit Gegenthesen, die er in seinem Namen verfassen lässt. Ein Bücherwagen bietet sie auch in Wittenberg feil. Martins Studenten stürmen den Wagen, reißen die hölzernen Transportfässer auf, holen stapelweise die Hefte heraus, »etwa 800«, und verbrennen sie auf dem Markt. »Wir alle wussten nichts davon«, beteuert Martin. »Gewiss missfällt mir und allen das große Unrecht, das die Unsrigen dem Menschen zugefügt haben. Ich bin ohne Schuld, aber ich fürchte, dass man mir die Sache anrechnen wird.«

Studenten, Scholaren, die durch die Lande reisen, von Stadt zu Stadt, von einer Hochschule zur anderen, erzählen ihrem Professor, dass sein Name in aller Munde ist, seine Thesen in ganz Europa gelesen werden. Martin ist darüber alles andere als glücklich: »Der Ruhm war mir nicht lieb; denn ich wusste selbst nicht, was der Ablas were, und das lied wolte meiner stimme zu hoch werden.«

Für ihn geht das Leben zunächst einfach weiter.

Vorlesungen halten, Fischteiche inspizieren, Rechnungen einsehen, juristische Probleme wälzen, Briefe beantworten, Beichte hören, predigen, Horengebete sprechen. Aber bei näherem Zusehen finden sich doch

Anzeichen, dass sich bei Martin etwas Neues tut. Er schreibt seinem Kurfürsten Friedrich und erinnert seine »Ew. Fürstl. Gnaden« daran, dass ihm eine neue Kutte zusteht, die ihm zusätzlich zu seinem Jahresgehalt von 9 Gulden seit längerem zugesagt war. Er nimmt dabei die Gelegenheit wahr, den Kurfürsten zu warnen, schon wieder die Steuern anzuheben, wo schon die letzte Erhöhung »Euch so viel guten Gerüchts, Namen und Gunst« seiner Untertanen beraubt habe. Martin unterzeichnet, wie es sich gehört: »E. f. g. Unterteniger Kappellan Doctor Martinus Luder zcu wittenberg.« Die Briefe an seine Freunde unterschreibt er jedoch mit »Martinus Eleutherius«, Martin, »der Freie«. Vielleicht gibt das seine Stimmung zu dieser Zeit am besten wieder.

Ansonsten hält er die Luft an und wartet. Irgendetwas muss ja geschehen, irgendeine Reaktion von amtlicher Seite muss erfolgen. Aber die akademische Fachwelt hüllt sich weiter in Schweigen. Da kommt nichts, keine Stellungnahme, nicht einmal eine Einladung zur Disputation.

Im Februar 1518 wendet sich Doktor Martinus, der »wirdige doctor, Augustiner tzu Witenbergk«, zum ersten Mal in deutscher Sprache direkt an die Öffentlichkeit. Erst in Wittenberg, dann in anderen Druckereien erscheint der *Sermon von Ablass und Gnade*. Das Heftchen hat einen so rasanten Absatz, dass es fast die Thesen vom Markt verdrängt. Innerhalb von zehn Monaten erscheint der *Sermon* in zwölf Ausgaben, bis 1520 sogar in zwanzig Ausgaben. In dieser Schrift markiert Martin seine neue Position gegenüber der Tradition: Nicht gute Werke helfen dem Menschen, sondern allzeit ist es Gott, der »umsonst aus unschätzlicher Gnad verzeiht«. Und im Blick auf die akademischen Schultheologen heißt es: »In diesen Punkten habe ich keinen Zweifel, denn sie sind genug in der Schrift bezeugt. Darum sollt auch ihr keinen Zweifel haben.« Martin fordert seine Leser auf: »Lasst die Doktores Scholasticos scholasticos sein, sie sind allesamt nicht maßgeblich mit ihrer Meinung.«

Durch Vermittlung von Staupitz und seinen Augustinerfreunden, die sich entschieden auf Martins Seite stellen, erhält Luther dann aber endlich doch Gelegenheit, seine Lehrmeinungen an einer Hochschule zu diskutieren. Heidelberg lädt ihn ein. Er reist zu Fuß in die Neckarstadt, quer durch Deutschland, und kommt voller Zuversicht zurück. Er hat Freunde gefunden und die sachliche Disputation hat auch ihn weitergebracht.

»Doktor Martinus hat sich in seinem Disputieren so geschickt verhalten«, schreibt der Heidelberger Pfalzgraf dem sächsischen Kurfürsten, »dass er der Universität Eurer Liebden kein kleines Lob eingebracht hat und ihm auch von vielen gelehrten Leuten großer Preis nachgesagt wird.«

Zurück aus Heidelberg, erfährt Martin jedoch nicht

mehr nur Zustimmung, sondern vehementen Widerspruch. Er wird der Irrlehre, der Ketzerei beschuldigt, fühlt sich bedroht. Schon Tetzel, Angehöriger der Dominikaner, die für die Inquisitionsgerichtsbarkeit zuständig sind, hatte geschworen: »Der Ketzer soll mir in drei Wochen ins Feuer geworfen werden, in einem Badhütlein gen Himmel fahren!« Innerhalb von Wochenfrist ließ sich das zwar nicht machen, doch Tetzels Orden hatte bald darauf in Rom ein Verfahren gegen den Wittenberger Doktor beantragt.

Aber Luther lässt sich von seinen Erkenntnissen nicht mehr abbringen. »Je mehr mich diese Leute bedrohen«, schreibt er einem Freund, »umso größer ist meine Zuversicht.«

Seine Gewissheit kann ihm niemand nehmen. Die drei Eckwerte seiner Theologie bilden eine Einheit: »Sola gratia, sola scriptura, sola fide – allein auf Gnade, allein auf der Bibel, allein auf Glauben steht die Gewissheit.« Seiner Kindheit, dem ewig schlechten Gewissen mit sich selbst, dem ruhelosen Selbstbezug stellt er die »reine Lehre« gegenüber. Die Gewissheit ist nicht an seiner Person, sondern an der Schrift, der Bibel, festgemacht. Da steht es, jeder kann sich überzeugen, ist eingeladen zu überprüfen, ob das, was er lehrt, stimmt oder nicht! »Aus diesem Grund ist unsere Theologie gewiss: Sie stellt uns außerhalb von uns. Ich brauche mich nicht auf mein Gewissen zu stützen, nicht auf persönliche Gefühle, nicht auf Moral und

Leistung. Unsere Theologie steht auf Gottes Zuspruch, auf Wahrheit, die nicht täuschen kann.«

Das ist sein Vorlesungsstil. Er macht keine vorsichtigen Vorbehalte, keine Einschränkungen. Er sagt selten »vielleicht«, aber sehr oft »bestimmt«. »Denn was ist schlimmer als Ungewissheit?« Alles, was wir reden, sagt Martin seinen Studenten, ja alles, was wir leben und sind, soll auch gewiss sein, damit wir nicht andere oder uns selbst hinters Licht führen.

Sein Gewissens- und Gewissheitsprinzip bedeutet, sich und anderen für das, was man glaubt, Rechenschaft geben zu können. Wahr ist das, was richtig ist. Richtig ist, was sich nachprüfen lässt, von jedermann und jederzeit, und wofür es ein allgemein anerkanntes Kontrollverfahren gibt. Innerhalb der Theologie leistet das die Überprüfung der Lehre an den biblischen Schriften. Damit löst Luther die christliche Wahrheit aus den Konventionen der Kirche seiner Zeit, macht Schluss mit allem, was sich über Jahrhunderte hinweg als kirchliche Tradition eingebürgert hat. Was nicht in der Bibel steht, nicht anhand der Bibel überprüft und abgesichert werden kann, hat keine Gültigkeit für ihn.

Hundert Jahre nach ihm fordert Galileo Galilei für die Naturwissenschaften das Prinzip kontrollierter Ergebnisse. Will man Gewissheit in der Wissenschaft, erklärt er, muss man »messen, was messbar ist, und messbar machen, was es nicht ist«. Luther wie Galilei ging es um reine Lehre, reine Wissenschaft, reine Erkenntnis.

Uns heute stellt sich die Frage, ob eine ›bereinigte‹ Welt auch noch lebenswert ist. Aber das ist eine Überlegung aus unserer Gegenwart, die sich damals in dieser Form noch nicht stellte. Martinus, der rebellische Mönch, nannte seine Arbeit »im Schlamm« arbeiten, sah sich selbst als Holzfäller, der gewaltsam Schneisen schlägt: »Ich muss Klötze und Stämme roden, Dornen und Hecken weghauen, die Pfützen ausfüllen und bin der große Holzfäller, der Bahn brechen und zurichten muss.«

Ob ihm jemals Zweifel an seinem Kahlschlagunternehmen kamen, wissen wir nicht. Gegen das Papsttum poltert und schimpft er bis zuletzt. Aber es klingt auch Wehmut mit, wenn Luther im Alter an die Vergangenheit und ihre verlorenen Paradiese denkt, an die Mönche, die »in ihrer großen Andacht so brünstig entzündet waren, dass sie auf den Knien lagen, beteten und ihre Beschaulichkeit an himmlischen Sachen mit solcher großen Lust und Andacht hatten, dass sie vor Freude weinten«. Die lutherische Selbstvergewisserungslehre wirkt, an solchen Erfahrungen gemessen, eher gefühlsfern; sie erzeugt keine mystischen, ozeanischen Empfindungen mehr.

Von Albrecht, seinem Vorgesetzten, dem er wohl auch seinen *Sermon* zugeschickt hatte, kam auch nach Monaten keine Antwort. Der Erzbischof hatte die Unterlagen nach Rom weitergeleitet. Mochte seine Heiligkeit sich damit befassen; sie würde wissen, wie mit »solchem Irrsal« zu verfahren sei.

Martin, des Wartens überdrüssig, greift zum Schreibrohr und wendet sich direkt an den »allerheiligsten Vater Papst Leo dem Zehnten«. Er schreibt, wie man seiner Heiligkeit schreiben muss: durchaus ehrerbietig, mit allen nötigen Bildungs- und Demutsfloskeln. »Wider Willen komme ich an die Öffentlichkeit ... ein ungebildeter Mensch, noch dazu in diesem Zeitalter, wo alle Künste und Wissenschaft blühen ... aber die Not zwingt mich, dass ich Gans unter Schwänen schnattern muss.« In der Sache aber gibt er sich bestimmt. Er beruft sich auf sein Recht als Doktor der Heiligen Schrift, die öffentliche Diskussion zu suchen. Und mehr wollte er auch nicht, versichert er dem Papst. Was er veröffentlicht habe, seien »Streitsätze, nicht Lehren«. Dass seine Sache derartige Resonanz fand, schreibt er, »ist mir selbst ein Wunder«. Er bittet also um Überprüfung und versichert: »Eure Stimme werde ich als die Stimme Christi anerkennen.«

Es ist Martins private Tragik, aber auch eine Tragödie Europas, dass er nie einen auch nur annähernd ebenbürtigen, beschlagenen Gesprächspartner in Rom gefunden hat. Leo war das schon gar nicht; der verstand von Theologie kein Quäntchen.

Wie unzulänglich Rom reagiert, belegt eine Schrift,

die Prierias, päpstlicher Hoftheologe, »innerhalb von drei Tagen«, wie er sich rühmte, gegen Luther verfasste. Da stand schlicht zu lesen, der Papst sei unfehlbar, wenn er eine Entscheidung fälle. Folglich, »wer im Blick auf die Ablässe sagt, die römische Kirche dürfe nicht das tun, was sie tatsächlich tut, der ist ein Ketzer«. So einfach machte man sich das in der Heiligen Stadt. Nur war die »Unfehlbarkeit des Papstes« genauso wenig wie der Ablass lehramtlich geregelt und Martin verfasste innerhalb von »zwei Tagen«, wie er spöttisch bemerkte, eine Gegenschrift und veröffentlichte sie in Leipzig.

Über ein halbes Jahr nach der Thesenveröffentlichung wird der »Doktor Martinus, Augustiner«, zum Verhör an die Kurie zitiert. Der Quertreiber soll sich an Ort und Stelle verantworten. Dem päpstlichen Generalstaatsanwalt dauert das zu lange. Er fordert, man solle »das Disputieren bleiben lassen«, und mahnt den Heiligen Vater, »Lutherum mit dem Schwert, Feuer und Flamm« an den Leib zu gehen. Was von diesem Mönch schriftlich vorliege, reiche bereits aus, um ihn als Ketzer zu überführen.

# Augsburger Verhör und Leipziger Disputation

*»Nun ist der Doktor Luther ein wenig hoffärtig und gibt nicht viel auf der Papisten Runtzen und Grunzen.«*

*1518–1519*

In Augsburg findet um diese Zeit, Mitte 1518, ein Reichstag statt. Die deutschen Fürsten und Stände sind versammelt, Kaiser Maximilian und eine päpstliche Delegation. Man verhandelt über die Aufstellung einer gesamteuropäischen Streitmacht, die dem weiteren Vormarsch der Türken auf dem Balkan Einhalt gebieten soll. Cajetan, der Gesandte aus Rom, erhält am 23. August Anweisung, den Luther in Augsburg zu vernehmen. Dieser Ketzer soll seiner Irrlehre abschwören, widrigenfalls sei er »samt seinen Anhängern gefangen und wohl verwahrt« nach Rom zu überstellen. In seiner Schrift gegen Prierias hat Luther bereits vom Gegenchristen in Rom gesprochen und den römischen Hof als Satansschule bezeichnet. Das sind neue Töne, schärfer und radikaler; da wird es Zeit, gegen den Wittenberger Unruhestifter energisch vorzugehen.

Ende September macht sich Martin von Wittenberg aus auf den Weg in die Fuggerstadt Augsburg. Friedrich, sein Landesherr, weiß, was er an dem jungen

Professor hat. Er sorgt für Begleitung und Wegzehrung und lässt ihm Rechtsbeistand durch einen seiner Hofjuristen zusichern. Dennoch hat Martin ein schlechtes Gefühl bei dem Unternehmen. »Nu mustu sterben«, denkt er. Unterwegs, im Weimarer Barfüßerkloster, warnt man ihn: »O lieber Herr Doktor, die werden euch um dieser Sache willen verbrennen!«

Am 5. Oktober trifft Martin mit Leonhardt, seinem Begleiter, in Nürnberg ein. Sie haben den Weg zu Fuß zurückgelegt, der Zehrpfennig ist aufgebraucht, die Kleidung zerschlissen. So kann er nicht vor dem römischen Legaten erscheinen. Ein Freund hilft ihm mit seiner Kutte aus. Zehn Kilometer vor Augsburg bricht Martin zusammen. Er fühlt sich »ganz von Feuer verzehrt«, von entsetzlichen Gedanken heimgesucht, sieht den Scheiterhaufen vor sich und ist voller Angst: »Welche Schande werde ich meinen Eltern sein!«

Die Freunde halten einen Karren an und betten Martin hinein. In Augsburg geleitet man ihn zu den Augustinern, die sich um ihn bemühen.

Der Reichstag ist bereits verabschiedet. Cajetan betrachtet sorgenvoll das Ergebnis. Aus der Türkenhilfe wird nichts, jedenfalls fast nichts. Und die Zeit von Ritterheeren ist vorbei. Krieg findet nur statt, wenn vorher die Kasse stimmt. Um Söldner anzuwerben, braucht man Geld. Ein Schweizer Söldner kostet 60 Gulden pro Jahr, ein Offizier etwa das Doppelte. Leo hat den Deutschen durch Cajetan eine Kreuzzugssteuer, verbunden mit einem »Türkenablass«, anbieten lassen. Der Reichstag aber ließ über Ablass gar nicht erst mit sich reden, obwohl Kaiser Maximilian das Anliegen des Gesandten unterstützte. Aber die Repräsentanten Deutschlands diskutieren ein Flugblatt, das sich die Leute auf der Straße gegenseitig aus den Händen reißen: Fürsten, Grafen, freie Herren, deutsche Städte! Denkt an die deutsche Freiheit! Werdet nicht tributpflichtig! Zahlt keinen Zehnten! Lasst euch nicht länger des Papstes »Ablässe, richtiger Aderlässe« gefallen. Gebt euch nicht dazu her, unter dem Vorwand des Türkenkriegs »das unwissende Volk auszusaugen«. – Ihr wollt den Türken schlagen? Sucht ihn nicht in Asien, sondern sucht ihn in Italien!

Das Flugblatt ist anonym. Wer mochte der Verfasser sein? Vielleicht dieser Luther? Aber dagegen verwahrt sich Friedrich, Martins Landesherr. Luther stecke in Wittenberg. Und dann poltert der Kurfürst in den Sitzungssaal, der Zettel habe ja Recht, man habe schon genug Ärger mit Roms »falschem, gotteslästerlichem Ablass«. Er gebe seine Stimme nicht dafür her!

Vergeblich hat Cajetan vertrauensbildende Maßnahmen vorgeschlagen, einen Reichstagsausschuss, der die Verwendung der Ablassgelder überwachen solle. Die Deutschen wischten sein Angebot einfach vom Tisch. Der Türkenablass war gestorben. Und das war keineswegs die einzige Sorge! Cajetan hatte erfahren, dass Kaiser Maximilian daran denkt, sich ins Privatleben zurückzuziehen. Auch einen Nachfolger hat er schon im Auge. Dem jungen Karl, König von Spanien, seinem Enkel, möchte Maximilian die Würde des Kaisers vom »Heiligen Römischen Reich Deutscher Nation« anvertraut sehen. Das aber wird Leo nicht gefallen; da käme zu viel Macht in eine Hand.

Cajetan hört sich bei den Wahlfürsten um. Maximilians Vorhaben findet dort Beifall. Nur Friedrich der Sachse stimmt nicht so recht zu. Vielleicht rechnet er sich für sich selbst Chancen aus, den Kaisertitel zu erwerben? Aus der Sicht Roms wäre das jedenfalls eine weit bessere Lösung, als dass der Spanier halb Europa in die Hand bekäme. Das würde den Kirchenstaat ganz unmittelbar in seinem Lebensinteresse bedrohen. Damit wird Kurfürst Friedrich zu einem wichtigen Mann, den es warm zu halten gilt. Seine Gunst darf sich Rom nicht verprellen. Friedrich wiederum lässt auf seinen Luther nichts kommen. Seit es dieser Mönch zu einer gewissen Berühmtheit gebracht hat, blüht die Wittenberger Universität. Und an der hängt Friedrichs Herz, weil er seinem Vetter und Intimfeind, dem Herzog von Sachsen, die Landesuniversität in Leipzig neidet.

Freilich, Luther muss widerrufen, aber um es sich mit dem dicken Friedrich nicht zu verderben, beschließt Cajetan, dessen Schützling sachte zu behandeln.

So trifft Martin am 12. Oktober sehr zu seiner Überraschung einen freundlichen, ganz umgänglichen Mann im Fuggerhaus. »Ich wurde von dem hochwürdigsten Kardinal-Legaten sehr gnädig, beinahe ehrerbietig aufgenommen«, schildert er diese Begegnung, die erste von vielen. Der Legat erklärt, er wolle nicht mit ihm disputieren, »sondern die Sache freundlich und väterlich verhandeln«.

Das tut Cajetan auch, ehrlich bemüht, die leidige Sache aus der Welt zu schaffen. »Ich höre, dass du gelehrt und sachkundig bist«, eröffnet Cajetan das Gespräch. »Man sagt aber auch, du hast durch deine Disputation über den Ablass Deutschland beunruhigt?«

Luther erzählt seine Geschichte mit Tetzel, von den Erfahrungen mit seinen Beichtkindern, von seinen Thesen. Unversehens sieht sich der Legat doch in eine Diskussion verstrickt. Er zitiert päpstliche Erlasse, Martin dagegen die Bibel. Cajetan belehrt ihn: Die Vollmacht des Heiligen Vaters stehe »über dem Konzil, über der Schrift und über der ganzen Kirche«! Und er fährt fort: »Du wirst widerrufen müssen, ob du willst oder nicht. Sonst werde ich allein schon wegen dieses einen Punktes alle deine Sätze verdammen.« Martin bittet sich bis zum nächsten Tag Bedenkzeit aus.

Cajetan ist zuversichtlich und hat auch Grund dazu. Er ist Diplomat, ein guter. Aber er ist kein Theologe. Cajetan kennt sich aus in Erlassen, Verfügungen, päpstlichen Dekreten und Verlautbarungen – aber nicht in der Bibel. Die allein aber ist für Martin in theologischen Sachfragen zuständig; nicht das Kirchenrecht, nicht die Tradition, nicht Menschenverstand. All das mag der Legat aus Rom auf seiner Seite haben, doch die Bibel, davon ist Martin überzeugt, die gibt seinem Einspruch gegen Tetzel Recht.

Genau das erklärt er anderntags dem erstaunten Legaten. Martin ist mit seinem Rechtsbeistand und Freunden erschienen und verliest eine schriftliche Erklärung. Die Kernsätze daraus: Widerrufen kann ich nicht. Nicht, solange ich nicht widerlegt bin. Ich protestiere. Ich stelle hiermit schriftlich den Antrag, über meine Thesen die Universitäten von Basel, Freiburg, Löwen oder, wenn das nicht genügt, die Hochschule von Paris befinden zu lassen.

Martin überreicht dem Kardinal die Erklärung, der Notar lässt sich den Empfang bestätigen und Luther verlässt mit seinen Begleitern das Fuggerhaus. Leute aus Cajetans Gefolge versuchen ihn zum Einlenken zu bewegen: Der Legat meine es gut mit ihm, »er ist dir ein gnädiger Herr. Wenn du nur sagst: Ich widerrufe, wirst du dich selbst erhalten. Das sind sechs Buchstaben, REVOCO. Die wirst du doch leicht sagen können!«

Als Martin das ablehnt, wird er gefragt: »Denkst du etwa, Friedrich, dein Fürst, wird deinetwegen zu den Waffen greifen?«

»Niemals«, antwortet Martin. Was denn aus ihm werden solle, hält man ihm vor. »Wo willst du bleiben?«

»Unterm Himmel«, sagt Martin.

In diesem Sinn schreibt er auch seinen Kollegen in Wittenberg. Er schildert den bisherigen Gesprächsablauf und fährt dann fort: »Das weiß ich, dass ich der Allerangenehmst und Liebst wär, wenn ich dies eine Wort spräche, REVOCO. Das ist: Ich widerrufe. Aber ich will nicht zum Ketzer werden im Widerspruch zu der Meinung, durch welche ich zu einem Christen geworden bin. Eher will ich sterben, verbrannt, vertrieben und verflucht werden.«

Auch die dritte Begegnung führt keine Entscheidung herbei. Cajetan berichtet dem Wittenberger Kurfürsten: »Wir haben viele Stunden über diese Sache sehr freundlich verhandelt, wie das Ärgernis beseitigt werden könnte, mit gebührender Ehrfurcht vor dem Heiligen Stuhl und ohne dass der Bruder Martin dabei das Gesicht verliert.«

Dem Legaten ist immer noch an einem Vergleich gelegen. Er will Luther nicht zwingen, »dass er sein Ausgespeites wieder auffresse«, doch widerrufen muss er und Cajetans Geduld ist dann ganz plötzlich erschöpft. Am nächsten Vormittag zitiert er die ganze Liste der rechtgläubigen Philosophen bis hin zum heiligen Thomas von Aquin. Martin: »Fast zehnmal fing ich an zu reden, ebenso oft donnerte er mich nieder und redete allein. Endlich fing auch ich an zu schreien.«

Der »Schatz Christi« wird zum Diskussionspunkt. Cajetan besteht auf dem Recht des Papstes, sich daraus zu bedienen. Luther beharrt, dass davon nichts in der Bibel stünde und Christus den Schatz seiner Verdienste für alle erworben habe. Noch einmal verlangt Cajetan, er solle widerrufen. Da geht Luther weg und Cajetan schreit ihm nach, er solle ihm nicht noch einmal unter die Augen kommen, es sei denn, er wolle widerrufen.

Cajetan zitiert Staupitz, Martins Ordensvorgesetzten, zu sich und drängt ihn, er solle Luther zwingen, seinen harten Kopf aufzugeben. Staupitz erklärt, Druck werde bei Martin nichts nützen. Er wolle widerlegt werden, aus der Schrift, anders gebe er nicht nach. Aber der Legat möchte nicht, wie Staupitz dann vorschlägt, es noch einmal mit dem Mönch versuchen. »Ich will nicht länger mit diesem Biest reden, denn er hat unergründliche Augen und wundersame Spekulationen in seinem Kopf!«

Martin bleibt noch ein paar Tage in Augsburg. Von der Begegnung mit Cajetan, römischem Legaten und Kardinal, muss er trotz dessen Bemühungen außerordentlich enttäuscht gewesen sein. Hier hatte er zum ersten Mal einem Mann aus der unmittelbaren Umgebung des Heiligen Vaters gegenübergestanden, bereit, sich überzeugen zu lassen, zu widerrufen, wenn der andere ihn durch die Bibel überführte. Davon war jedoch keine Rede gewesen. Aber um einfach zu widerrufen, hätte er nicht erst nach Augsburg zu kommen brauchen, das hätte er auch »zu Wittenberg« tun können, wie er es Staupitz gegenüber ausdrückt, den er bald nach Abbruch der Gespräche aufsucht.

Staupitz, der Generalvertreter der Augustiner, hat einen Brief der Ordenszentrale erhalten. Dieser Bruder Martinus, heißt es in dem Schreiben vom 25. August, bringe den Orden in Verruf. Staupitz solle kurzen Prozess mit dem Aufsässigen machen und ihn, »an Händen und Füßen gefesselt«, einsperren.

Das wird er nicht tun, sagt sich Staupitz und er versucht auch nicht, Martin umzustimmen. Er hat dessen Weg jetzt beinahe zehn Jahre lang begleitet, hat ihn befördert, ihm die Beichte gehört. Er ist von der Aufrichtigkeit Martins überzeugt und weiß, dass er kein Quertreiber ist, dass hinter ihm eine Berufung steht und er seinen Weg weitergehen muss. Doch im Orden kann er nicht bleiben. »Vergiss nicht, Bruder«, sagt Staupitz zu Martin, »dass du diese Sache im Namen unseres Herrn Christus angefangen hast. Ich entbinde dich vom Gehorsam gegen mich und empfehle dich Gott, dem Herrn.«

Martin ist damit kein Mönch mehr, er ist frei von seinen Gelübden. Er versteht, dass Staupitz keine andere Wahl hatte, aber es bleibt ein bitterer Nachgeschmack. Freiwillig ist Martin ins Erfurter Kloster gegangen; gegen seinen Willen muss er es verlassen. Er fügt sich, aber seine Kutte legt er nicht ab.

In der Nacht zum 21. Oktober wird Martin aus dem Schlaf gerissen. Er müsse weg, flüstert man ihm zu, sofort, vor der Stadt warte bereits ein Pferd.

Ein Augsburger Ratsherr schmuggelt ihn durch ein kleines Pförtchen aus dem Mauerring. Draußen findet er das Pferd und einen städtischen Reitknecht als Begleiter. Eine Verhaftung muss unmittelbar bevorgestanden haben. Vor der Flucht bleibt ihm nicht einmal die Zeit, sich richtig anzuziehen. Er reitet in der Kutte los, »ohne Hosen, Stiefel, Sporn und Schwert«, acht Stunden in einer Tour bis über die Donau ins Nördlinger Ries.

Zehn Tage später trifft er, über Nürnberg kommend, wieder in Wittenberg ein und geht an seine gewohnte Arbeit zurück. Niemand hindert ihn daran, sein »Stüblein« im Turm wieder zu beziehen, obwohl ihn sein Orden exkommuniziert hat und er aus der Klostergemeinschaft ausgeschieden ist. Er macht genau dort weiter, wo er vor seiner Flucht aufgehört hat, bringt einen Bericht über sein Verhör beim Kardinal zu Papier und bereitet einen Aufruf vor, in dem er für sich und seine Sache die Einberufung eines allgemeinen Konzils verlangt. Aber Martin weiß, dass er auf dünnem Eis geht. Seine Sicherheit ist in deutschen Landen nirgends mehr gewährleistet. Am 25. Oktober hat Cajetan einen Brief an Friedrich geschrieben, der mit den Worten schließt: »Ich ermahne und bitte Eure Durchlauchtigkeit, den Bruder Martinus entweder nach Rom zu schicken oder aus Eurem Land zu entfernen!« Das bedeutet, dass der Fürst Martin auszuliefern oder ihn des Landes zu verweisen hat. Luther habe sich, so heißt es in dem Brief, mit »List und Tücke« weiteren Verhören entzogen, sei geflohen, und nun müsse er, Cajetan, dem Allerheiligsten Herrn, Leo in Rom, Bericht erstatten. Der Kurfürst möge bedenken, dass der Papst ihn und sein Land unter Bann stellen könne, wenn er den Ketzer weiter gewähren lasse.

Friedrich leitet das Schreiben an Luther weiter, ersucht um Stellungnahme. Martin bietet seinen Rücktritt an: »Ich erkläre hiermit, dass ich Euer Land verlasse.« Am Abend des 1. Dezember feiert Martin Abschied von seinen Freunden. Er wird nach Paris gehen und sich dort an der Universität, »der Mutter aller wissenschaftlichen Schulen«, um eine Stelle bemühen. Vom Ausland aus wird er seine Sache weiterbetreiben. Und wenn ihn Paris nicht will, wird sich schon sonst unterm Himmel ein Platz für ihn finden.

In Rom hat man inzwischen den Bericht des Legaten Cajetan zur Kenntnis genommen. Man ist ernstlich besorgt. Vor allen Dingen über Maximilians Absicht, den deutschen Kurfürsten seinen Enkel Karl von Spanien zur Wahl als Kaiser zu empfehlen. Das würde das Ende des Kirchenstaates bedeuten. Diese

Kandidatur muss verhindert werden. Von diesem Augenblick an setzt die Kurie alles daran, Friedrich von Sachsen oder einen anderen aussichtsreichen Bewerber als Gegenkandidaten aufzubauen. Da will man sich in der Causa Lutheri, der Luthersache, mit dem Kurfürsten von Sachsen nicht anlegen. Die Kurie beschließt, Friedrich einen Sondergesandten zu schicken, der in Wittenberg das Problem gütlich bereinigen soll.

Cajetan bekommt einen Rüffel. Ihm wird am römischen Hof »Übles nachgeredet und die Schuld allen Unglücks zugemessen, dieweil er mit Luther unfreundlich umgegangen und ihn gescholten hätte, da er vielmehr großen Reichtum oder eines Cardinals Hut ihm sollte versprochen haben«.

Um die gleiche Zeit erscheint in Rom eine amtliche Verlautbarung zur Ablassfrage, in der Leo »den Ablass bestätigte und anzeigte, dass er als Petri Nachfolger und Christi Vicarius Macht hätte, denselben für die Lebendigen und Toten auszuteilen; und dies wäre die Lehr der römischen Kirchen, die aller Christen Mutter und Lehrmeisterin wäre«. Aber das ändert nichts daran, dass man sich mit Luther einigen will.

Mitten in sein Abschiedsessen platzt ein Bote des Kurfürsten herein: Wenn der Doktor noch da sei, solle er auf keinen Fall das Land verlassen! Rom lenke ein, ein persönlicher Beauftragter des Heiligen Vaters sei auf dem Weg.

Am 12. Januar 1519 stirbt Kaiser Maximilian, »der letzte Ritter«, wie seine Zeitgenossen ihn bewundernd oder auch spöttelnd titulierten. Damit beginnt der harte Kampf um seinen Nachfolger in der Kaiserwürde und Rom legt den Prozess gegen Luther für zwei Jahre zu den Akten.

Diese Zeit bis zum Wormser Reichstag sind Martins unbeschwerteste Jahre.

Das wichtigste Ereignis zwischen dem Augsburger Verhör und Worms ist die »Leipziger Disputation« im Sommer 1519. Die Wittenberger Universität war von dem namhaften süddeutschen Theologen Johannes Eck zu einer Diskussion herausgefordert worden, auf der strittige Kirchenfragen ausgetragen werden sollten. Das Ergebnis, das sich zu einer zweiwöchigen Redeschlacht auswuchs, wurde mit Spannung erwartet. »Was gilt's, wir haben auch gelehrt Leut auf unser Seiten, die dem Luther ins Maul greifen können«, freute man sich in der Messestadt.

Die Öffentlichkeit disputierte mit, die Studenten und Bürger in den Kneipen, die Stadtknechte unterm Tor. Man nahm Partei für und gegen Wittenberg.

Martins Anhänger erklären: »Wir haben das Wort Gottes, das heilige Evangelion, daran glauben wir und nicht an das Geplärr, das deine Abgötter zu Rom gemacht. Denn wir haben nun klar erfahren, dass es nichts ist denn Lügen, Trügen, Schinden, Rauben und Saugen, wie man das Geld von uns bringen möchte!«

Die Gegenseite kontert: »Du solltest lieber deinen Eltern nachfolgen, was die so viel hundert Jahre her geglaubt, was so viel heilige Väter gelobt, Päpste und Konzilien gutgeheißen haben!«

Dagegen die »Martianer«: »Mein Glaub steht nicht auf meinen Eltern, sondern in dem Wort Gottes und bin gewiss, dass ich nicht irren mag!«

Allen war klar, dass die Herausforderung zum Disput auf Luther gemünzt war, aber tatsächlich war nicht er, sondern der Dekan der Wittenberger theologischen Fachabteilung, Professor und Doktor Andreas Karlstadt, nach Leipzig eingeladen worden. Karlstadt war seit Martins Thesenpapier ein entschiedener Anhänger und Verteidiger der Luthersache. Wenn es Eck gelang, Karlstadt den Mund zu stopfen, war schon viel erreicht. Aber Luther kam mit. Zwei Wagen rollten durch das Nordtor der Stadt, im ersten Karlstadt, im anderen Martin, beide begleitet von zweihundert bewaffneten Wittenberger Studenten.

Johannes Eck, wie Luther einfacher Herkunft, war ein intellektuelles Wunderkind. Bereits mit zwölf Jahren besuchte er die Universität. Er war in Rom, Paris und Bologna gewesen und hatte an den dortigen Hohen Schulen Ansehen erworben.

Die Augsburger Fugger, der mächtigste Handelskonzern Europas mit durchschnittlichen Jahresgewinnen von fünfundfünfzig Prozent, wurden auf den hoch begabten jungen Mann aufmerksam und förderten ihn nach Kräften. Das hatte ihm in Augsburg die spöttische Bezeichnung »apostolus mercatorum – Händlerapostel« eingebracht. Eck hatte sich in seinen Veröffentlichungen dafür eingesetzt, die Kirche müsse mit dem Kapital endlich Frieden schließen, das »Wucherverbot« der Bibel dürfe man heutzutage nicht mehr so eng sehen. Die Profite der Konzerne, der Spar- und Kreditanstalten seien auch nach göttlichem Recht gerechtfertigt, solange sie sich in vernünftigen Grenzen hielten.

Wie Luther für die Freiheit des Glaubens, trat Eck für die freie Geldwirtschaft ein. Die Wirtschaftsmächtigen seiner Zeit praktizierten das längst, aber manche eben doch mit schlechtem Gewissen. Jakob Fugger zum Beispiel stiftete 1514 in Augsburg eine Sozialsiedlung für die Stadtarmen, damit sie dort für sein Seelenheil beteten. Dafür finde er keine Zeit, meinte Jakob, »er hätte einen viel anderen Sinn, er wolle Gewinne machen, solange er könne«.

Eck, der das Zinsen tragende Kapitalgeschäft für gottgewollt und erlaubt erklärte, stand mit dieser Ansicht noch ziemlich allein. Die immer noch offizielle Lehre, dass »Geld keine Kinder zeugen« dürfe, war schwer zu umgehen und Eck musste seinen ganzen Scharfsinn aufbieten, um mit seiner These von der fälligen Liberalisierung der Geldwirtschaft bei seinen akademischen Kollegen Gehör zu finden. Sein »spitzer Witz«, die universitäre Argumentationsroutine kamen ihm in Leipzig zugute.

Über Geld wurde bei der Diskussion nicht gesprochen. Aber zumindest Eck war klar, dass es ums Geld ging. Die Fugger steckten voll im Ablassgeschäft. Über sie lief die gesamte finanzielle Abwicklung. Angestellte des Konzerns begleiteten die Ablassprediger, hatten das Verschlussrecht über die Geldkästen, in die das Seelengeld wanderte, und tätigten die Überweisungen ans Stammhaus. War es mit dem Ablass aus, musste der »Reiche Jakob« beträchtliche finanzielle Einbußen erleiden.

Ecks rednerische Fähigkeiten begeisterten. Welterfahren, diskussionsroutiniert, die ganze mittelalterliche Theologie im Kopf, brachte er den Wittenberger Andreas Karlstadt in Bedrängnis und gewann nach Meinung der Beobachter mit einem deutlichen Punktvorsprung.

Luther, der nach Karlstadt das Diskussionskatheder betrat, gibt sich erst lächelnd, dann aggressiv. Hier treffen zwei ebenbürtige Wortgegner aufeinander, die allerdings verschiedene Sprachen sprechen. Eck argumentiert mit den Vätern, Martin mit der Bibel. Dass er darin nicht zu schlagen ist, hat sich bereits in Augsburg gezeigt. Aber Eck weiß Bescheid, was in Augsburg gelaufen ist, und kennt Martins verletzliche Stelle. Ohne Herkunftsangabe zitiert er Sätze des als Ketzer verbrannten Johannes Hus und ersucht Martin, Stellung zu nehmen. Martin hat sich mit Hus noch nie beschäftigt. Er erkennt die Sätze nicht und kann an ihnen nichts Anstößiges oder gar Verwerfliches finden. Da spielt Eck seinen Trumpf aus: Für diese Lehren kam Hus, der Böhme, vor hundert Jahren auf den Scheiterhaufen!

Martin hört mit Verblüffung, dass der Böhme manche Wahrheiten, die er, Martin, heute vertritt, schon damals gegen den Papst verfochten hat. Also erklärt er: Es sind Sätze darunter, welche die Kirche gar nicht verdammen kann, christliche, evangelische Sätze! Hus hat Recht; nicht der Papst, Christus ist das Haupt der Kirche. Auf Ecks Einwand, dass sogar ein Konzil den Böhmen verdammt habe, entgegnet Martin: »Auch Konzilien können irren und haben geirrt!«

Georg, dem sächsischen Herzog und Gegner Friedrichs, entfährt der Ausruf: »Das walt die Sucht!« Dieser Luther ist ein böhmischer Ketzer, ein Hussit! Und auf die ist man in Sachsen nicht gut zu sprechen. Die Hussitenkriege, im Gefolge der Konstanzer Prozesse, sind den Leuten hierzulande noch in schlimmer Erinnerung. Hussiten zogen mordend und brennend durchs Land, terrorisierten die Bevölkerung und hinterließen eine Blutspur bis an die Ostsee. Damit, so wird sich Georg gefreut haben, hat sich Luther die Gunst der Sachsen verscherzt. Und Eck berichtet zufrieden dem Generalstaatsanwalt der Kurie: »Durch diesen unüberlegten Irrtum hat Luther viele verschreckt und von sich abwendig gemacht, die ihm zuvor wohlgesonnen waren.«

Martin schreibt nach der Disputation einem Freund: »Eck hat den Beifall, er triumphiert. Da hast du die ganze Tragödie. Sie hat schlecht begonnen und noch schlechter geendet.« Doch im Grunde hat Eck ihm einen Gefallen getan. Er hat ihn gezwungen, den Tatsachen ins Auge zu sehen, sich nichts mehr vorzumachen, sich endlich zuzugeben, wo er steht, nämlich außerhalb der Amtskirche. Noch zwanzig Jahre nach Leipzig bezeichnet Luther das dortige Streitgespräch als sein Durchbruchserlebnis: »Der Eck hat mich munter gemacht. Er hat mir die ersten Gedanken gemacht, da ich nimmer sonst hingekommen wäre.«

In Wittenberg erreichen Martin Briefe aus Prag. Tschechische Theologen schicken ihm eine Schrift von Hus, »dem Apostel der Böhmen, damit du daraus ersiehst, was für ein Mann er war«. Martin liest sich in dem Buch fest und ist entgeistert: Wie durfte der Papst, wie konnte ein christliches Konzil diesen Mann verdammen?

Luther beginnt zu verstehen, dass es neben der offiziellen Kirche noch eine nichtamtliche Kirche gibt, eine Untergrundkirche, verfolgt und verteufelt von der herrschenden Kirchengewalt. Da kann es also sein, »dass der ganze Haufe mit allen großen Hansen irrt und eine ungerechte Sache verteidigt« und die Wahrheit nur bei ein paar wenigen ist. Der Glaube ist eine einsame Sache, »darum befiehlt Gott jedermann, dass er wisse, was er glaube. Wenn du Gottes Wort hast, kannst du sagen: Was brauche ich weiter zu fragen, was die Konzile sagen?«

Seit der Diskussion mit Eck kann Martin die oberste Lehrgewalt des Heiligen Stuhls nicht mehr akzeptieren. Er ist bereit, weiterhin den Papst als Ersten unter Gleichen anzuerkennen, als Bischof von Rom. Mehr nicht. Zwar wird er auch weiter auf ein Konzil dringen, das sich mit ihm und der Wittenberger Theologie auseinander setzt, aber ihm ist jetzt klar, dass man über Wahrheitsfragen nicht einfach abstimmen kann. Selbst gegen eine Konzilsmehrheit würde er bei seiner Überzeugung bleiben. Er hat das Zeugnis der Bibel für sich. Der Anwurf der Ketzerei schreckt ihn nicht mehr. Ist er ein Ketzer, dann hat ihn die Bibel dazu gemacht, und die päpstliche Kirche soll sich vor Augen halten: »Frömmere Ketzer habt ihr nie gehabt, werdet sie auch nicht frömmer kriegen; bittet Gott, dass sie euch mögen erhalten bleiben.«

Während man in Leipzig über Gott und die Welt disputierte, fanden in Frankfurt am Main, dem »großen Gold- und Silberloch«, die Vorbereitungen zur Wahl eines neuen Kaisers statt, einem Ereignis von internationaler Tragweite. Deutschland war nicht irgendein Land. Buntscheckig, wie seine politische Landkarte auch aussehen mochte, war es doch die Führungsmacht in Europa. Entsprechend selbstbewusst gaben sich die deutschen Fürsten. »Unter allen Nationen, die zum Krieg geschickt sind, erscheint keine erfahrener, keine hitziger denn die deutsche. Denn in dieser deutschen Nation werden gefunden so große Kraft und Stärke, dass sie zu Hütern und Bewahrern kaiserlichen Leibes und Lebens vor vielen anderen Nationen auserkoren sind«, schreibt die Schedel'sche Weltchronik. Nach modernen Schätzungen lieferte Deutschland bis 1600 rund achtzig Prozent der europäischen Silberproduktion, davon entfielen auf Sachsen zeitweilig bis zu fünfzig Prozent. Daraus erklärt sich der finanzielle Einsatz, den die europäische Hochfinanz leistete, um die Kaiserwahl in der Frankfurter Bartholomäuskirche zu ihren Gunsten zu entscheiden.

Jakob Fugger brachte zu diesem Zweck ein Konsortium von süddeutschen und italienischen Banken zusammen. Anders als bei der Leipziger Disputation wurde hier sehr offen über Geld geredet: Es ging um Wahlbestechung.

Sieben deutsche Kurfürsten waren zu bedenken; das kostete die astronomische Summe von achthundertfünfzigtausend Gulden, ein Wert, den man in heutige Größenvorstellungen gar nicht übersetzen kann. Jakob Fugger stützte mit diesen Geldern seinen Kandidaten, den spanischen König Karl. Papst Leo begünstigte, nachdem Friedrich sich nicht offen hatte erklären wollen, den französischen König als seinen

Wunschkandidaten. Franz I. liegt zeitweise auch gut im Rennen. Er leistet dafür ebenfalls einen beträchtlichen finanziellen Einstieg und lässt eine halbe Million Dukaten unter die Kurfürsten verteilen. In England wiederum interessiert sich Heinrich VIII. für die deutsche Krone. Auch ein Bruder Karls, Ferdinand, ist mit im Spiel, und endlich, wenn alles anders kommen sollte, als abzusehen war, bot der Kurfürst von Sachsen noch eine interessante Sondervariante.

Mit jedem der Kandidaten stand auch ein anderes Europa zur Wahl. Von allen Möglichkeiten, das lässt sich aus heutiger Sicht klar beurteilen, war die spanische besonders übel. Dass die spanische Karte trotzdem stach, war Jakob Fuggers Werk.

Karl war in Frankfurt nicht anwesend. Der in den spanischen Provinzen der Niederlande aufgewachsene junge Mann war Ende 1517 mit seiner Flotte nach Spanien gesegelt, um dort die spanische Krone entgegenzunehmen. Als seine Interessenvertreter fungierten bei der Frankfurter Wahl seine Räte und die Vertreter der Fugger. Sehr zur Überraschung aller Beteiligten fiel die Wahl der Kurfürsten einstimmig aus. Man hatte sich »semptlich und einmutiglich« auf Karl geeinigt; Fugger hatte seine »Handsalbungsgelder« nicht umsonst in die Taschen der Fürsten gesteckt. In Augsburg brannten nach Bekanntgabe des Wahlergebnisses Freudenfeuer. Die Räte Karls unterzeichneten ein Protokoll, wonach dieser sich verpflichtete, die deutsche Rechts- und Gerichtshoheit zu achten, alle Ämter in deutschen Landen nur mit Deutschen zu besetzen und ausschließlich Deutsch als Verhandlungssprache der Reichstage gelten zu lassen.

Der Papst fügte sich missmutig in die Entscheidung. Die Fugger waren bei ihren Schuldnern sichergegangen. Das Silber der Neuen Welt, das Spanien aus den Indianern herausblutete, schien dem »Reichen Jakob« eine bessere Deckung abzugeben als der »Schatz Christi«, mit dem Leo nicht mehr so recht schalten und walten konnte, seit die »lutherische Pest« grassierte.

Die Fugger spielten ihre Macht aus und versäumten es nicht, Karl bei Gelegenheit an das Zustandekommen seiner Wahl zu erinnern. Jahre danach schreibt Jakob dem Kaiser: »Es ist auch wissentlich und liegt am Tag, dass Ewige kaiserliche Majestät die Römische Krone ohne mich nicht hätte erlangen mögen.«

Damit waren der Bankier und seine Nachfolger in der Lage, die immer neu von den deutschen Reichstagen angestrengten Klagen gegen die großen Handelsfirmen und ihr Finanzgebaren zu hintertreiben. Die entsprechenden Unterlagen des Speyrer Reichstags von 1532 ließ Karl nach Spanien überführen, wo die Akten mit dem Belastungsmaterial dann auch spurlos verschwanden.

Luther sitzt im Herbst des Wahljahres an seinem *Großen Sermon vom Wucher*, der die Reihe der reformatorischen Schriften des Jahres 1520 eröffnet. Im Bauernkriegsjahr 1524 erscheint die Schrift in erweiterter Fassung noch einmal und sechs Jahre vor seinem Tod beschäftigt sich Luther in der Schrift *An die Pfarrherrn, wider den Wucher zu predigen* ein drittes Mal mit diesem Thema.

Karl Marx zitiert wiederholt Luthers Stellungnahmen, am ausführlichsten im *Kapital* aus der Schrift *An die Pfarrherrn*: »Wer einem anderen seine Nahrung aussaugt, raubet und stiehlet, der tut ebenso großen Mord, als der einen hungers sterben lässt und zu Grunde verderbet. Solches tut aber ein Wucherer und sitzet dieweil auf seinem Stuhl sicher, wo er billiger hangen sollt am Galgen und von so viel Raben gefressen, als er Gulden gestohlen hätte. Dieweil hanget man die kleinen Diebe. Also ist kein größerer Menschenfeind auf Erden als ein Geizhals und Wucherer, denn er will über alle Menschen Gott sein.«

Schon in der ersten Abhandlung, dem *Großen Sermon vom Wucher*, wendet sich Martin scharf gegen willkürliche Preistreiberei, Kartellgesellschaften und den Zinswucher, »dass immer ein Zins den anderen treibe wie Wasser die Mühlräder. Darum ist es nicht wunder, wenn die Zinsjunker so geschwind vor anderen Leuten reich werden. O wie viele Städte, Land und Leute müssen zinsen, denen man längst wäre schuldig gewesen, die Schulden nachzulassen. Sollten da nicht Land und Leute verderben? Mich wundert, dass bei einem solchen unermesslichen Wucher die Welt noch steht.«

Die Finanzwelt hat für Martins Zorn nur Spott übrig. Ein Bankmann, nach der Lektüre von Luthers Schriften: »Wenn ich einen Kommentar zum Lukasevangelium verfasste, würde ich mich vor aller Welt blamieren. Luther stellt sich genau so an, wenn er über den Wucher schreibt. Der Mann hat von Geldsachen einfach keine Ahnung.«

Das mag ja sein, doch bei Martin kann der Rat, sich aus Angelegenheiten der Großfinanz herauszuhalten, nicht verfangen. Mit Geld hatte schließlich die ganze Ablasssache angefangen. Nicht Martin hat sich ins Geldgeschäft gemischt, sondern das Kapital ist dabei, die Herrschaft über die Kirche, über die Menschen anzutreten. Es spielt sich als Herrgott auf und ist doch ein Teufelsding, denn es frisst das Land, Bürger und Bauern auf. »Geld kann Hunger nicht stillen, sondern ist im Gegenteil der Grund für Hunger. Denn wo reiche Leute sind, ist alles teuer.«

Die Lutherschriften verkaufen sich reißend.

Ein Verleger schreibt Martin: »Sechshundert Exemplare haben wir nach Frankreich und Spanien gesendet. Und nun werden sie in Paris gekauft und von den Theologen an der Sorbonne gelesen. Auch der Buchhändler zu Pavia hat ein gut Teil solcher Büchlein nach Italien bringen lassen und will sie in den Städten ausstreuen. Meine Exemplare sind bis auf zehn alle verkauft und ich habe noch niemals bei irgendeinem Buche glücklicheren Verkauf erfahren.«

Heutige Nachforschungen haben ergeben, dass zwischen 1518 und 1526 fast dreimal so viele deutsche Literatur erscheint wie in den ersten anderthalb Jahrzehnten des Jahrhunderts. Luthers Schriften bestreiten 1519 ein Drittel der deutschsprachigen Produktion, 1523 zwei Fünftel, seine spätere Wartburgübersetzung des Neuen Testamentes erreicht in zehn Jahren eine Auflage von 10000 Stück.

Honorar für seine Bücher hat Martin nie erhalten oder verlangt. Sein vom Kurfürsten gestelltes Gehalt für seine Tätigkeit an der Universität beträgt auch 1520 noch immer 9 Gulden jährlich, dazu kommt ein Naturalgehalt.

Die wichtigsten Veröffentlichungen des Wittenberger Professors erscheinen 1520 kurz hintereinander. Anfang des Jahres der *Große Sermon vom Wucher*, im August *An den christlichen Adel deutscher Nation*, im Oktober *Von der babylonischen Gefangenschaft der Kirche*, gegen Ende Oktober *Von der Freiheit eines Christenmenschen*. Martin hofft auch jetzt noch immer auf ein Konzil, einen Ausgleich mit Rom, aber zuerst müssen alle Karten auf den Tisch. Er spielt seine gut aus. Seine Bücher finden so viel Resonanz, weil sie weniger fürs Auge als für die Ohren seiner Deutschen bestimmt sind, laut gelesen, vorgelesen, gleich diskutiert werden, ein unmittelbares Echo auslösen. Luthers Schriften sind nicht in Tinten- und Schreibtischsprache geschrieben. Wie er schreibt, sprechen die Fuhrleute, bei denen der Doktor aufsitzt, die kleinen Händler und Bauern, mit denen er in der Kneipe hockt. Sein Deutsch ist eine »süße, gute Sprache« und wird grob, unflätig und witzig, wenn er zulangt: »Es soll recht bleiben, was ich lehre und schreibe, sollt auch alle Welt darüber bersten!«

Martin überkommt eine regelrechte Wortspendefreudigkeit; er fühlt sich beim Predigen, Reden, Diskutieren, Schreiben wie eine Bauersfrau, die ihre Kinder an die Brust nimmt: »Man soll auf der Kanzel die Zitzen herausziehen und das Volk mit Milch tränken. Die hohen Gedanken und Stücke soll man für Klüglinge privatim behalten.«

Die Schriften des Jahres 1520 fassen zusammen, was Martin bisher theologisch klar geworden ist. Sie wiederholen unter immer neuen Gesichtspunkten das dreifache »Allein«: Allein durch Gnade, allein durch die Schrift, allein durch Glauben. Neu ist, dass Luther jetzt auch sozialpolitische Akzente setzt, nicht nur »dem Papst an die Krone und den Mönchen an den Bauch greift«, sondern als Deutscher zu »seinen Deutschen« spricht.

Das geschieht besonders in dem Büchlein *An den christlichen Adel deutscher Nation*. Luther macht sich zum Sprecher der deutschen »Gravamina«, der Beschwerden, die auf Reichstagen ebenso wie in zahllosen Flugschriften seit Jahrzehnten erfolglos behandelt werden. Er gibt den Dingen jetzt einen Namen, den seinen. »Zum Ersten wäre hoch Not ein Gebot und Bewilligung deutscher Nation wider den überschwänglichen Überfluss und die Kosten der Kleidung, dadurch so viel Adel und reiches Volk verarmt. Hat doch Gott uns wie anderen Landen genug gegeben, Wolle, Haar, Flachs und alles, was zur ziemlichen, ehrlichen Kleidung einem jeglichen Stand redlich dienet, dass wir nicht bedürften so gräulich großer Schätze von Seiden, Samet, Goldschmuck und was der ausländischen Waren mehr ist, die vergeuderisch ausgeschüttet werden. Ich sehe nicht viel gute Sitten, die je in ein Land durch Kaufmannschaft gekommen sind. Aber das größte Unglück deutscher Nation ist gewiss der Zinskauf. Hier muss man wahrlich auch den Fuggern und dergleichen Gesellschaften einen Zaum ins Maul legen. Das verstehe ich nicht, wie man mit hundert Gulden im Jahr zwanzig hinzuerwerben kann. Aber das weiß ich wohl, dass es viel göttlicher wäre, Ackerwerk zu mehren und Kaufmannschaft zu mindern, und dass die viel besser tun, die Erde bearbeiten und ihre Nahrung daraus suchen. Es gibt noch viel Land, das noch nicht umgebrochen und bestellt ist. Zuletzt, ist das nicht ein jämmerlich Ding, dass wir Christen unter uns halten freie öffentliche Frauenhäuser? Ich weiß wohl, was etliche dazu sagen werden, und zwar, dass sich das Volk daran gewöhnt hat. Ja, wie halten sich dann viel Städte, Gemeinden, Märkte, Flecken und Dörfer ohne solche Häuser? Wenn die Obrigkeit darauf sehen würde, wie man dem jungen Volk Möglichkeit gäbe zu ehelichen, dann würde man wohl der Anfechtungen wehren. Aber die Jugend hat niemand, der für sie sorgt.«

Mit den Schriften des Jahres 1520 erwarb sich Luther in Deutschland seinen Namen als Reformator. Kaiser und Papst, Klerus und Adel hatten bislang alle Hoffnungen auf eine durchgreifende Erneuerung der kirchlichen und gesellschaftlichen Verhältnisse enttäuscht. Jetzt machte ein Mönch aus dem Volk sich zum Sprecher der deutschen Nation und mahnte die überfälligen Reformen bei den Verantwortlichen an. Luthers Auftreten, seine Sprache gegenüber Kaiser und Papst wirkte auf die Öffentlichkeit zurück und gab Bürgern wie Bauern ein vorher nicht gekanntes Selbstbewusstsein, von der Obrigkeit mehr Recht und Mitbestimmung zu fordern. Die von oben verschleppte Reformation wurde so zur Sache des Volkes, zu einer Reformation von unten.

# Wormser Reichstag

*»Ja, sagen sie, das Evangelium sollst du nicht lehren, denn daraus kommt aller Aufruhr.«*

*1520–1521*

Die Schrift *An den christlichen Adel* hatte Martin an »Carolus«, die »allerdurchleuchtigste, Großmechtigste Keyserliche Maiestät« adressiert. Der Kaiser, so hoffte er, würde ein Konzil durchsetzen, das endlich die anstehenden Fragen einer Kirchenreform in Angriff nähme. Karl ist noch in Spanien und rüstet sich zur Reise nach Deutschland. Der Zwanzigjährige herrscht über ein Weltreich. Sein offizielles Titelregister belegt das eindrucksvoll: »Römischer König, zukünftiger Kaiser, immer Augustus, König von Spanien, Sizilien, Jerusalem, den Balearen, der kanarischen und indianischen Inseln sowie des Festlandes jenseits des Ozeans [es folgen 18 weitere Besitztitel], Herr in Asien und Afrika.«

Die Wahl Karls zum deutschen Kaiser brachte Fragen mit sich, die bald auf einem Reichstag entschieden werden mussten. Wie sollte das Gewaltenverhältnis zwischen dem Kaiser und den deutschen Fürsten geregelt werden? Wessen Händen würden die Regierungsgeschäfte anvertraut sein, wenn Karl in Spanien war? Schließlich mussten auf der Tagesordnung die deutschen Beschwerden wegen des kirchlichen Amtsmissbrauchs und der päpstlichen Ablasspraxis erscheinen, die zu brennenden Problemen geworden waren, seit der Augustinermönch in Deutschland öffentlich gegen Rom schrieb.

Die zweifache Krone legte Karl auch doppelte Verpflichtungen auf: neben den deutschen Fragen die Regierungs- und Verwaltungsgeschäfte, die Spanien und seine Besitztümer in der Neuen Welt betrafen.

Vor seiner Abreise befasst er sich noch einmal mit den überseeischen Angelegenheiten. Auch hier muss er sich mit einem Mönch auseinander setzen: mit Bartholomé de las Casas, einem ehemaligen Adeligen aus Sevilla, der jetzt als Dominikanerpriester unter den spanischen Kolonisten und den Indianern »jenseits des Ozeans« tätig ist.

Las Casas klagt bei der spanischen Krone über die Verwüstung der westindischen Länder. »Weite Gebiete, einst von Menschen mit hoher Kultur bewohnt, sind heute entvölkert.« In den kaum dreißig Jahren nach der Entdeckung »sind mehr als zwölf Millionen Männer, Frauen, Kinder getötet worden«. Die Urbevölkerung der westindischen Inseln sei heute, im Jahre 1520, nahezu ausgerottet. Man schleppte die »verheirateten Männer 60 bis 400 Kilometer zum Goldgraben fort. Die Männer starben in den Goldminen, die Frauen auf den Farmen vor Erschöpfung.«

Der Dominikaner ersucht seinen König, dem Morden ein Ende zu setzen. Karl sagt eine Überprüfung der Angelegenheiten durch die Verwaltung zu. Er ist geduldig, lässt den Mönch reden. Am Hof kennt man Las Casas. Er liegt seit Jahren den Majestäten in den Ohren. Auf sein Drängen hin hat man »Schutzgesetze« für die Indios erlassen, aber es ist schwierig, sie in den Ländern jenseits des Ozeans in Anwendung zu bringen. 1542 erlässt Karl »Neue Gesetze«, nach denen Indianer nicht länger unter irgendeinem Vorwand versklavt werden dürfen, aber drei Jahre später wird das Gesetzwerk zurückgenommen. Währenddessen sind Peru und Chile erobert, Mexiko ist entvölkert worden. Hernando Cortez nimmt den letzten Aztekenkaiser Montezuma gefangen, zerstört sein Reich und wird von Karl zum Statthalter »Neuspaniens« ernannt. Aus Spaniens Silberflotten ergießen sich unendliche Reichtümer nach Europa. Montezumas Kronschätze erregen in der Alten Welt Aufsehen. Karl führt sie als Insignien seiner Macht auf Reisen mit. So auch auf seinem Weg nach Aachen, wo er die deutsche Kaiserkrone empfangen soll. Dürer sah die aztekischen Kunstwerke im Jahr des Wormser Reichstags in Brüssel und bewunderte die staunenswerte Kunstfertigkeit der »Menschen in fremden Landen«. Er habe, notiert er in seinem Tagebuch, »all mein Lebtag« noch nie dergleichen gesehen.

Am 22. Oktober 1520 trifft Karl in Aachen, der deutschen Kaiserstadt, ein. Vom Sattel aus nimmt er die Huldigung der Kurfürsten entgegen. Der Zug durch die Stadt wird zum Volksfest. Herolde werfen Münzen unter die jauchzenden Bürger, Trompeten klingen, das glänzende Gefolge, Adel, Pagen und spanische Granden verleihen dem Ereignis Glanz. Abends beeidet Karl im Krönungsmünster die Frankfurter Wahlverpflichtung. Sie enthält unter anderem die Zusagen: »Wir sollen und wollen keineswegs gestatten, dass in Zukunft jemand von hohem oder niederem Stand ohne Verhör in Acht getan werde.«

Tags darauf nimmt der Kölner Erzbischof im Verlauf der Krönungsmesse den Amtseid ab: »Willst du den überlieferten katholischen Glauben bewahren, den Armen und Reichen, den Witwen und Waisen ein unparteiischer Richter und frommer Hüter sein, dem Heiligen Vater die schuldige Unterwerfung und Treue in Ehrfurcht bewahren?«

»Volo – ich will«, schwört Karl, wird darauf mit heiligem Öl gesalbt, erhält den Krönungsornat und die Reichsinsignien, Ring, Zepter und Reichsapfel; ihm wird vorm Altar die Krone aufgesetzt und er schwört, das Schwert Karls des Großen in der Hand: »Ich bekenne und verspreche vor Gott und seinen Engeln, dass ich jetzt und in alle Zukunft Gesetz, Gerechtigkeit und Frieden in der heiligen Kirche bewahren werde.« Musik fällt ein, die Festversammlung, Fürsten, Granden, Adel, Bischöfe und Prälaten singen das große Te Deum: Dich, Gott, loben wir.

Im Gefolge des Kaisers befindet sich der päpstliche

Gesandte Aleander. Leo hat sich mit der Wahl von Karl abgefunden und seine Einwilligung zur Annahme des Titels »Erwählter römischer Kaiser« ausgesprochen. Der Gesandte unterrichtet den Kaiser, dass die Banndrohungsbulle Luther inzwischen in Wittenberg ausgehändigt ist, und bewegt den Kaiser, ein Edikt zu erlassen, »dass, wo auch immer in seinen Landen und Herrschaften lutherische und andere Schmähschriften gefunden würden, diese alle öffentlich durch das Feuer verbrannt werden sollen«.

Das geschieht auch. In der Stadt Löwen werden lutherische Bücher in die Flammen geworfen. »Und das nicht nur vor den Augen der Einwohner, sondern auch vor den Augen aller Nationen, die aus allen Ländern zum kaiserlichen Hof zusammenströmen«, berichtet Aleander nach Rom. »Die meisten brachten diese Bücher aus Furcht vor den angedrohten Strafen zu mir. Andere rissen die Ratsherren und Schergen aus den Buden der Buchhändler heraus.« Ebenso geschieht es in Lüttich, später in Köln, ja sogar in London. In Mainz kommt es darüber zu öffentlichen Tumulten. Der Henker weigert sich, Feuer zu legen, Aleander wird von der Volksmenge beschimpft und wäre beinahe gesteinigt worden. Als der Legat anderntags erneut erscheint und diesmal von Schindern und Leichenträgern einheizen lässt, schaut niemand zu außer »einigen Weiblein«, die Gemüse feilbieten.

Die Bannandrohung ist das Ergebnis des Prozesses

gegen Luther, der nunmehr seit zwei Jahren gegen ihn in Rom läuft. Leo bekommt die Bulle in seinem Jagdschloss Maglina vorgelegt, setzt sie am 15. Juni in Kraft, im Juli wird das Dokument an der Peterskirche zu Rom öffentlich ausgehängt und in besiegelten Kopien nach Deutschland weitergeleitet. Eine feierliche Anrufung Gottes ist der Bulle vorangestellt: »Erhebe Dich, Herr, ein wildes Schwein aus dem Walde will Deinen Weinberg verwüsten.« Es folgt die Auflistung von 41 irrigen Sätzen Luthers, darunter sein Irrtum Nr. 33: »Das Verbrennen der Ketzer ist wider den Heiligen Geist.« Martinus wird unter Bannandrohung aufgefordert, binnen 60 Tagen »diese Irrtümer und Behauptungen ganz zu widerrufen und über diesen Widerruf mittels einer amtlichen, rechtsgültigen und von den Händen zweier Prälaten gesiegelten Urkunde« den Apostolischen Stuhl in Kenntnis zu setzen. Zugleich wird auch allen Anhängern Luthers Widerruf befohlen sowie der Obrigkeit auferlegt, sämtliche Schriften des Beschuldigten dem Brand zu übergeben.

Die Schrift wird Martin am 10. Oktober durch seinen Leipziger Disputationsgegner Johannes Eck ausgehändigt. Er kann zuerst gar nicht glauben, was er da liest. Ist das, diese »erdichtete und erlogene Bulle«, ein amtliches Dokument? In der Tat wirkt das Schriftstück merkwürdig zusammengestümpert. Schon Zeitgenossen urteilen: »Was nun verständige Leute waren, als sie Leonis Bulle gesehen, verwunderten sie sich darüber vieler Ursachen halber, dass er solche verworrene und weitläufige Rede geführt, dass man schwerlich den Sinn und Verstand davon begreifen könnte.«

Ulrich von Hutten, Rittersmann und gefeierter Politdichter, veröffentlicht die Bulle in Deutschland: »Hier, ihr Deutschen, ist die Bulle Leos des Zehnten, mit der er die christliche Wahrheit aufzuhalten versucht. Jedem, der so etwas unternimmt, leisten wir Widerstand. Hier geht es nicht um Luther, sondern um uns alle. Nicht nur gegen einen wird das Schwert erhoben, sondern uns alle greift man öffentlich an.«

Hutten bietet Luther Waffenhilfe an. Er ist ein Mann der direkten Aktion: »Es heißt, du seist in den Bann getan. Wie groß, o Luther, wie groß bist du, wenn das wahr ist! An mir hast du einen Anhänger für jeden möglichen Fall. Darum wage es, mir deine Pläne anzuvertrauen. Verfechten wir die gemeinsame Freiheit. Befreien wir das unterdrückte Vaterland!«

Zum ersten Mal stellt sich Martin die Gewaltfrage. Einem Freund am Hof des Kurfürsten schreibt er: »Ich schicke dir Huttens Brief. Was er will, siehst du. Ich möchte nicht, dass mit Gewalt und Blutvergießen für das Evangelium gestritten wird. In diesem Sinn habe ich an ihn geschrieben. Durchs Wort ist die Welt besiegt worden, die Kirche erhalten, durchs Wort wird sie auch wiederhergestellt werden.«

Kurz darauf schreibt Luther an Staupitz, den Seelsorger und Freund. Der hat sich von allen Ämtern im

Augustinerorden befreien lassen und lebt nun zurückgezogen in einem Salzburger Kloster. Aber Martin hält Staupitz über alles, was geschieht, auf dem Laufenden. Und er braucht ihn: »Bisher war es nur ein Spiel mit unserer Sache. Jetzt droht es, ernst zu werden. Ich habe des Papstes Bücher und Bulle verbrannt, zuerst mit Furcht und Zittern. Aber nun bin ich fröhlicher.«

»Mit Furcht und Zittern«, das klingt glaubhafter als jene Legenden, die sich bald um diesen Verbrennungsakt ranken und Luther zu einem deutschen Nationalhelden hochstilisieren. »Wir sind nicht vom Papst weggelaufen, sondern sie haben uns von sich gestoßen«, sagt Martin später immer wieder. Aber nach dieser Bulle bleibt ihm gar nichts anderes übrig, als sich gegen Rom zu wehren. »Jetzt kann ich nicht schweigen, es gehe mir, wie Gott will.« Er verteidigt zwölf der ihm als ketzerisch vorgeworfenen Sätze in einer lateinischen Schrift, die er enden lässt: »Ich will das Meine tun. Wird der Papst diese Bulle nicht widerrufen und verdammen, soll niemand zweifeln, dass der Papst Gottes Feind ist.«

Am 10. Dezember, einen Tag nach Ablauf der Widerrufsfrist, ruft ein Plakat die Wittenberger Studenten auf, sich außerhalb der Mauern zusammenzufinden. Zur angegebenen Zeit versammeln sich Doktoren, Magister und hunderte von Studenten auf dem Schindacker vor dem Elstertor. Holz liegt gestapelt, ein Magister steckt die Scheiter in Brand. Martin kommt mit einem Stapel schwerer Bücher unterm Arm herbei. Darunter sind mehrere Ausgaben des *Corpus iuris canonici*, Sammlungen des römischen Kirchenrechts, das er nach dem Willen seines Vaters hätte studieren sollen. Er schiebt die Bände ins Feuer. Ein Jurist der Universität, der erst jetzt begreift, was geschieht, fährt auf: »Wessen erfrecht sich dieser räudige Mönch!« Aber die anderen Umstehenden jubeln.

Martin steckt die Bannandrohung mit ins Feuer, doch das bleibt eine eher persönliche Geste. Die Bulle richtet sich gegen seine Person; das päpstliche Recht dagegen drangsaliert die ganze Welt. »Willst du wissen mit kurzen Worten, was im kirchlichen Recht steht, es ist summa summarum: Der Papst ist ein Gott auf Erden über alles Himmlische, Irdische, Geistliche und Weltliche und alles ist sein Eigen, dem niemand darf sagen: Was machst du?«

Nachdem die Magister und Doktoren das Feuer verlassen haben, machen die Studenten vor dem Tor weiter. »Einige sangen mit sehr erhabener Stimme ›Herr Gott, Dich loben wir‹, andere zelebrierten für die Rechtsbücher ein Totenamt. Danach rissen einige den Scheiterhaufen nieder und hoben die Blätter der Bücher mit der glühenden Asche in die Höhe. Andere schrien, das würden sie dem Papst und den Papisten schicken.«

Am 3. Januar 1521 wird Luther von Rom aus gebannt. Die Kirche stößt ihn aus ihrer Gemeinschaft aus und untersagt jedem Gläubigen den Umgang mit ihm. Martin verlangt ein Konzil. Er will vor einem unparteiischen Gremium gehört werden, auf deutschem Boden. Karl, der Kaiser, zieht gerade rheinaufwärts nach Worms. In ihn, »das edle junge Blut aus deutschem Stamm«, setzt Martin seine Hoffnung: »O dass Karl ein Mann wäre und für Christus den Kampf gegen diese Satans aufnähme!«

Als Martin Mitte April in Worms eintrifft, verhandelt der Reichstag schon fast vier Monate in den Mauern der Rheinstadt. Die Scharwache hat ihre Not, die Ordnung in der Stadt auch nur einigermaßen aufrechtzuerhalten. Mit den Herren der Reichsvertretung, den Kurfürsten, Fürsten, Bischöfen, Grafen und den Abgeordneten der freien Reichsstädte, sind fahrende Leute in die Stadt gekommen. Garbuden säumen die Gassen, Devotionalienhändler bieten Rosenkränze, Heiligenbilder und wundertätige Amulette an. Auf dem Markt zeigen Seiltänzer ihre Kunst, hört man Bänkelliedsänger. Bettler, Bettelmönche, fahrende Scholaren streunen herum, Taschenspielkünstler und Possenreißer. Zur Kurzweil der Abgeordneten hat der Stadtrat ein paar Fuhren von »gelben Fräulein« in die Stadt gebracht, Freudenmädchen, die wie exotische bunte Vögel durch die Wormser Gassen trippeln.

In den Straßen ist es eng geworden, nachts drängt es sich in den Quartieren: ein halbes Dutzend Ritter in einer Stube, selbst der Kaiser muss sein enges Zimmer mit einem seiner Vertrauten teilen.

Die Tagesordnung des Reichstags ist umfangreich, schier nicht zu bewältigen. Die alten deutschen Beschwerden, die »Gravamina«, haben im Lauf der letzten hundert Jahre gewaltig zugenommen. Die beiden Zentralgewalten, Papst und Kaiser, sind den sich immer komplizierter ausfächernden gesellschaftlichen Bedingungen nicht mehr gewachsen. Die Stimmung ist gereizt, der Kaiser, unterstützt von Aleander, stellt sich taub gegen die Beschwerden der Abgeordneten über die geistlichen Missstände, dem »Verderben unserer Nation«. Es geht nur zäh, unendlich langsam voran. Auf Sitzungen kommt es zu regelrechten Handgemengen, Tagungsordnungspunkte werden abgesetzt, die Zins- und Wucherklagen verschiebt man wieder einmal auf einen anderen Reichstag.

Gar nicht langsam sind die Drucker. Aleander berichtet aufgebracht: »Täglich regnet es lutherische Schriften in deutscher und lateinischer Sprache. Auch hier in Worms wird eine Druckerei unterhalten, wo dieses Handwerk bislang unbekannt war. Es wird hier gar nichts anderes verkauft als die Schriften Luthers, und das selbst am kaiserlichen Hof. Gestern sah ich auf ein und demselben Blatt Luther mit einem Buch und Hutten mit dem Schwert abgebildet. So weit ist es mit der Welt gekommen, dass die Deutschen sich in blinder Verehrung um diese beiden Schurken drängen und sie bei Lebzeiten anbeten. Wenn ich all diese Schandschriften einsenden sollte, müsste ich einen Wagen befrachten.«

Aleander hat bis zuletzt versucht, Kaiser Karl zu bewegen, jetzt und gleich in der Luthersache die fällige Amts- und Rechtshilfe zu leisten. Die Kirche delegiert Gewalt, aber gebraucht sie nicht. Kein kirchlicher Würdenträger kann nach Wittenberg reisen und dem Ketzer Handschellen anlegen. Zuständig sind jetzt, da der Bann ausgesprochen ist, die staatlichen Stellen. Allen voran ist der Kaiser verantwortlich, dass Luther umgehend verhaftet und Rom überstellt wird. Karl muss das kaiserliche Edikt, das er bereits gegen die Bücher verhängt hat, nun auch gegen dessen Person aussprechen.

Der Kaiser ist dazu auch durchaus bereit. Doch Friedrich, durch Heiratsvertrag seines Neffen mit Katharina, des Kaisers Schwester, dem Haus Habsburg verwandtschaftlich verbunden, drängt den Kaiser, erst müsse Luther gehört werden. Die übrigen Stände, unabhängig davon, ob sie Luther wohlgesonnen sind oder nicht, halten dem Kurfürsten die Stange. Der Kaiser hat sich doch bei seiner Wahl eidlich verpflichtet, niemand in deutschen Landen ohne vorheriges Verhör zu ächten. Im Übrigen, betont der Kurfürst Friedrich, sei es nicht ausgemacht, ob der Papst gegenüber Luther im Recht ist. Immerhin räume die Doktorwürde Luther das Recht ein, in allen Fragen frei zu disputieren, solange sie noch nicht lehramtlich geregelt sind. Also möge man den Doktor hören.

Für den Kaiser, der am liebsten Französisch, aber kein Wort Deutsch spricht, ist das alles schwer abzuwägen. Trotz Aleanders Warnungen kann er dem Druck der Stände nicht ausweichen; er wird Luther anhören.

Über den Text seiner Vorladung kommt es zu heftigen Auseinandersetzungen. Man verlangt von der Kaiserlichen Majestät einen ordentlichen Geleitbrief und schließlich wird ein Text gebilligt, in dem der Kanzler den Wittenberger Doktor ausnehmend höflich adressiert: »Ehrsamer, lieber, andächtiger Doktor!«

Aleander protestiert: »Diesen Titel gibt man einem offenkundigen Ketzer gegen Gott und alle Vernunft!« Aber es bleibt bei Titel und Text, in dem Martin aufgefordert wird, vor Kaiser und Reich zu erscheinen, damit der Reichstag »Erkundigung von dir« über seine Lehren und Bücher empfange. Überdies soll der Brief ehrenvoll durch den Reichsherold Kaspar Sturm in Wittenberg überreicht und Martinus in dessen Geleit hierher gebracht werden und auch für die Rückreise wird ihm sicheres Geleit zugesagt. Der Kaiser unterzeichnet eigenhändig: »Carolus«.

Man wartet gespannt, ob Luther der Einladung Folge leisten wird. Die Sache mit Hus, dem man das Geleitversprechen nicht gehalten hatte, ist noch in Erinnerung. Der ganze Reichstag scheint jetzt nur noch ein Thema zu haben, die »Causa Lutheri«. Der Gesandte Frankfurts berichtet dem Rat der Mainstadt: »Der Mönch macht viel Arbeit. Ein Teil möchte ihn ans Kreuz schlagen und ich fürchte, er wird ihnen schwerlich entrinnen. Nur ist zu besorgen, dass er am dritten Tag wieder aufersteht.«

Vierzehn Tage dauert die Reise über Leipzig, Weimar, Erfurt, Gotha, Eisenach, Frankfurt und Oppenheim. Die kaiserlichen Farben der Berittenen, das Heroldsbanner verschaffen Martins Weg quer durch Deutschland bis ins letzte Dörflein Aufmerksamkeit. Der Herold meldet nach Worms, dass die Bevölkerung überall Luther zuläuft. Unterwegs wird Martin aufgefordert zu predigen, die Erfurter Universität empfängt ihn mit einem Festkomitee und das »Schwarze Kloster« nimmt ihn mit offenen Armen auf. Er scheint sorglos und unbekümmert, aber es geht ihm gesundheitlich nicht gut, »schon den ganzen Weg bis hierher«, äußert er in Weimar. Er bekommt Fieber und Kaspar Sturm fragt besorgt: »Herr Doktor, wollt Ihr wirklich weiterziehen?«

Es ist die Angst, die in Martin sitzt, und die Anfechtungszweifel, die ihm zusetzen, den Körper in Schweiß baden. In Oppenheim drängt ihn ein Freund, an Hus zu denken und nicht weiterzufahren. Seine Bücher seien schon verdammt; in Worms werde er verbrannt. Martin schickt daraufhin Vertrauten in Worms einen Brief voraus: »Hus ist verbrannt worden, aber nicht die Wahrheit mit ihm. Christus lebt und wir wollen nach Worms, auch wenn alle Pforten der Hölle das zu verhindern suchen. Dort gilt es, den Teufel auszutreiben.«

Am 16. April trifft Martin in der Stadt ein. Der päpstliche Gesandte schreibt darüber: »Schon hatte ich meinen letzten Brief geschlossen, als ich soeben aus verschiedenen Meldungen sowie aus dem hastigen Rennen des Volkes entnahm, dass der große Ketzermeister seinen Einzug hielt. Ich schickte einen meiner Leute los, der mir berichtete. Mit drei Genossen im Wagen sitzend, zog er in die Stadt ein, umgeben von etwa acht Berittenen, und nahm Herberge in der Nähe seines sächsischen Fürsten. Beim Verlassen des Wagens schloss ihn ein Priester in die Arme, rührte dreimal sein Gewand an und rühmte sich im Weggehen, als hätte er eine Reliquie des größten Heiligen in den Händen gehabt. Ich vermute, es wird bald von ihm heißen, er tue Wunder. Dieser Luther, als er vom Wagen stieg, blickte mit seinen dämonischen Augen im Kreis umher und sagte: ›Gott wird mit mir sein.‹ Dann trat er in eine Stube, wo ihn viele Herren aufsuchten, mit deren zehn oder zwölf er speiste, und nach der Mahlzeit lief alle Welt hin, um ihn zu sehen.«

Am nächsten Tag, den 17. April, erscheint Luther nach Vorladung durch den Reichsmarschall nachmittags um vier Uhr im Bischofshof, dem Tagungsort. Der Saal ist gerammelt voll mit Männern, sehr gewichtigen Männern. Erhöht sitzt der junge Kaiser, prächtig gekleidet, unnahbar. Neben ihm seine Edlen, darunter Fernando Colon, ein Sohn des Christoph Columbus. Martin sieht zwei Stapel Bücher auf einem Tisch und erkennt sie. Es sind seine.

Der Reichssprecher wendet sich im Namen der Majestät an Luther und fragt ihn, ob er sich zu diesen Büchern als den seinen bekenne und ob er etwas aus ihnen widerrufen wolle. Die Buchtitel werden verlesen, es sind etwa zwanzig.

Martin antwortet leise, er ist kaum zu verstehen: »Die genannten Bücher muss ich als die meinen bezeichnen und ich werde niemals eins verleugnen.«

Zur zweiten Frage, ob er etwas aus seinen Schriften widerrufen wolle, bittet er um Bedenkzeit. Man steckt die Köpfe zusammen, berät sich, dann wendet sich der Regierungssprecher wieder an Martin. Man sei erstaunt, verwundert wegen seiner Bitte. Schließlich sei Luther in der Einladung des Kaisers darauf hingewiesen worden, dass man von ihm »Erkundigung« über seine Bücher einholen wolle. Bedenkzeit räume man ihm höchstens für einen Tag ein. Dann aber müsse er Rede und Antwort stehen. Mit diesem Bescheid sei er jetzt entlassen.

Das war kein starker Auftritt. Nicht nur die Freunde, auch die Gegner des Wittenberger Doktors sind enttäuscht. Keine dramatische Szene, kein Spektakel, auch kein Zeichen von Bekennermut. Von diesem Luther hatte man sich etwas anderes erwartet. Der Kaiser zu Aleander: »Der wird mich nie zum Ketzer machen!«

Martin wird in seine Herberge zurückgeleitet. Anhänger, Freunde, Neugierige drängen sich zu ihm ins Quartier. Wird er sich nun erklären? Keiner kann sich einen Vers auf das merkwürdige Verhalten Luthers machen.

Martin, auf der Rückreise nach Wittenberg, in einem Brief an Lukas Cranach: »Ich meinte, Kaiserliche Majestät sollte einen Doktor oder fünfzig versammelt haben, um den Mönch redlich zu überwinden. So ist nichts mehr als hier gehandelt worden denn so viel: Sind die Bücher dein? Ja. Willst du sie widerrufen oder nicht?« Vielleicht hat Martin sich wirklich vorgestellt, man ließe ihn vor theologischen Experten seine Ansichten vertreten. Ein Streitgespräch wie die Leipziger Disputation, diesmal aber auf höchster Ebene. Und dann gibt es keine Auseinandersetzung, keine Diskussion. Es geht überhaupt nicht um die Inhalte seiner Schriften – nur widerrufen soll er.

Wenn Martin reden kann, ist er stark. So wie er sich später in seinem *Sendbrief vom Dolmetschen* selbst vorführt: »Wir wollen nicht der Papisten Schüler noch Jünger, sondern ihre Meister und Richter sein. Sind sie Doktores? Ich auch. Sind sie gelehrt? Ich auch. Sie sind Prediger? Ich auch. Sie sind Theologen? Ich auch. Sie sind Disputatoren? Ich auch. Sie sind Philosophen? Ich auch. Sie sind Dialektiker? Ich auch. Sie halten Vorlesungen? Ich auch. Sie schreiben Bücher? Ich auch.« Ohne das Wort ist Martin schwach, wieder ein verschüchterter Junge, der verschreckt vor seinem Vater, der Mutter steht. Vor dem Kaiser kommt sein Problem wieder hoch. Er kann nur abwehrend, gereizt oder hilflos auf Autorität reagieren.

Doch der zweite Verhandlungstag ist keine Wiederholung des ersten. Martin hat sich darauf einstellen können. Er weiß, was ihn erwartet, und hat sich klargemacht, wie er reagieren muss. Wieder ist er für nachmittags vier Uhr bestellt. Diesmal ist die Tagung in einen größeren Sitzungssaal verlegt worden. Luther muss zwei Stunden warten, weil sich die Sitzung länger als erwartet hinzieht. Dann steht er abermals vor dem Kaiser.

Aber jetzt ist Martin nicht mehr wieder zu erkennen. Er redet frei, ohne Stichwortzettel, seine Stimme trägt. Er bekennt sich zu seinen Büchern und Veröffentlichungen. Sie sind verschiedener Art, führt er aus: erstens Lehrschriften über den christlichen Glauben, zweitens Veröffentlichungen gegen kirchliche Missbräuche, drittens Kampfschriften gegen einzelne Personen. Weder die einen noch die anderen kann er widerrufen. »Denn ich mache weder einen Heiligen aus mir noch disputiere ich über mein Leben, sondern ich disputiere über die Lehre Christi.« Nicht persönliche, sondern Sachfragen stehen zur Diskussion, darum »bin ich wohl bereit, wenn ich gründlich belehrt bin, jeden Irrtum zu widerrufen, und ich werde der Erste sein, der meine Bücher ins Feuer wirft. Aus diesem allen, glaube ich, geht klar hervor, dass ich mich genügend bedacht und die Gefahren und den Streit erwogen habe, die aus Anlass meiner Lehre auf der Erde erweckt wurden.« Aber der Konflikt war und ist nicht zu vermeiden. »Denn das ist des Wortes Gottes Lauf. Er selbst ist es, der die Schlauen in ihrer Schlauheit ergreift und die Berge umkehrt, ehe sie es merken. Ich habe gesprochen.«

Der Reichssprecher erklärt nach einer Beratungspause, Luther sei einer klaren Antwort ausgewichen: »Martinus, du erhoffst dir vergeblich eine Disputation über Dinge, die du ausdrücklich zu glauben verpflichtet bist. Gib endlich eine schlichte, runde und gerade Antwort darauf, ob du widerrufen willst oder nicht!«

Martins Schlusswort ist eindeutig: »Mein Gewissen ist in Gottes Wort gefangen. Somit will und kann ich nicht widerrufen. Denn gegen das Gewissen zu handeln ist weder sicher noch heilsam. Hie steh ich, ich kan nicht anderst. Gott helffe mir. Amen.«

Der Reichssprecher: »Martin, lass dein Gewissen fahren! Du bist im Irrtum!« Im Sitzungssaal wird es unruhig, heftige Stimmen werden laut. Da erhebt sich der Kaiser. Er hat genug gehört, dieser Mönch trotzt ihm ins Gesicht. Karl wendet sich wortlos zum Gehen. Jetzt entlädt sich die Spannung. Alles spektakelt durcheinander, Freunde umringen Martin, drücken sich mit ihm nach draußen. Auf dem Weg ins Quartier rufen spanische Adelige ihm hinterher: »Al fuego, al fuego! – Ins Feuer mit ihm!«

Martin wirft beide Arme in die Luft, lacht, schreit: »Ich bin hindurch! Ich bin hindurch!«

Ein paar Tage darauf ist Luther mit Kaspar Sturm, einem Rechtsberater und zwei anderen Gefährten auf dem Weg nach Wittenberg. Der Kaiser steht zu seinem Wort. Er hält das Geleitversprechen. Aber seine Meinung zur Causa Lutheri, der Luthersache, ist eindeutig. Aleander zufolge vertraut der Kaiser seinem Beichtvater an: »Ich verspreche Euch: Wenn erst das neue Edikt zustande gekommen und veröffentlicht ist, dann lasse ich den Ersten, bei dem eine Schrift oder ein Bild Luthers gefunden wird, an diesem Fenster [an das sich Karl in diesem Augenblick lehnte] aufhängen!«

Rund einen Monat später ist der öffentliche Erlass gegen Luther ausgefertigt.

Der Reichstag ist inzwischen verabschiedet, die meisten Fürsten, Stadtverordneten, Bischöfe und Grafen sind abgereist. Martin wird für vogelfrei erklärt und unter Reichsacht gestellt. Das Wormser Edikt vom 8. Mai verfügt: »Wir gebieten euch allen, dass ihr den vorgenannten Martin Luther nicht in euer Haus aufnehmt, ihn nicht bei Hof empfangt, ihm kein Essen noch Trinken gebt, ihn nicht versteckt noch ihm mit Worten oder Werken heimlich oder öffentlich Hilfe, Gefolgschaft, Beistand oder Vorschub gewährt. Wo ihr aber an ihn kommen, ihn ergreifen und seiner habhaft werden könnt, sollt ihr ihn gefangen nehmen und uns wohl verwahrt zusenden, wobei ihr für ein so heiliges Werk, eure Mühen und Kosten angemessen belohnt werden sollt.«

Karl, nach Unterschrift des Edikts zum päpstlichen Legaten: »Jetzt werdet Ihr doch zufrieden sein.« Und in der Tat konnte Aleander Genugtuung verspüren. Das Edikt ließ Martinus keine Chance, dem Gericht zu entkommen. Der Kaiser meinte es ernst. Bereits einen Tag nach Luthers Erklärung hatte er öffentlich verkündet: »Es ist sicher, dass ein einzelner Klosterbruder mit seiner Meinung, die gegen die der ganzen Christenheit steht, irrt. Nach dieser Ansicht müsste ja die ganze Christenheit tausend Jahre und länger geirrt haben. Deshalb bin ich fest entschlossen, an diese Sache meine Reiche und Herrschaften, meine Freunde, meinen Leib, mein Blut, mein Leben und meine Seele zu setzen.«

In der Wetterau hat Luther Kaspar Sturm inzwischen entlassen und erklärt, er brauche jetzt keinen Schutz mehr. Ein paar Wegstrecken weiter verabschiedet sich auch der kurfürstliche Rechtsbeistand. Er vertraut Martin unter vier Augen an, der Fürst wolle ihn an einem sicheren Ort in Schutzhaft nehmen; nach Wittenberg könne er jetzt nicht mehr zurück.

Am 4. Mai wird der Wagen, unweit von Herleshausen, von vermummten Reitern aufgehalten. Martin wird aus dem Wagen gezerrt, einer der Begleiter flüchtet ins Dickicht. Die Männer fluchen, reißen Martin hinter sich her, ziehen ihn auf ein Pferd und sind verschwunden. Im nahe gelegenen Ort berichten die Überfallenen von dem Gewaltstreich. Die Nachricht alarmiert die Öffentlichkeit und verbreitet sich in Windeseile durch Deutschland.

Gerüchte erreichen bald auch die Stadt Worms. Aleander schreibt nach Rom: »Da entstand ein sehr vernehmliches Murren, dass wir die Anstifter der Tat wären.« Bei Hof verdächtigt man sofort Friedrich, Luthers Landesherren. Aber dann wird Aleander zugetragen, der Mönch werde von einem fränkischen Ritter festgehalten, der eine Privatfehde mit dem Sachsen habe. »Der ganze Hof tobte und besonders gegen uns, indem man die Drohung aussprach, dass, wenn es sich so verhielte, das Volk zuerst uns und dann alle Pfaffen in Deutschland erwürgen würde.«

Wieder darauf munkelte man, Luther sei in einer verlassenen Silbermine durchbohrt aufgefunden worden. Die Nachrichtenküche siedet weiter. Im niederländischen Antwerpen klagt Albrecht Dürer, »dass man Martin Luther so verräterisch gefangen« habe. Er schreibt in sein Tagebuch: »O Gott, ist Luther tot, wer wird uns hinfort das heilige Evangelium so klar vortragen! Ach Gott, was hätte er noch in 10 oder 20 Jahren schreiben mögen! Oh, ihr alle frommen Christenmenschen, helft mir fleißig beweinen diesen gottgeistigen Menschen, dass Gott uns einen anderen erleuchteten Mann sende!«

Aber Martin ist in Sicherheit.

## Wartburghaft und Wittenberger Bildersturm

### *»Erzwungene Dinge gefallen Gott nicht.«*

### *1521–1523*

Auf abgelegenen Wegen wird Martin in die Festungsanlage der Wartburg gebracht, die sich 200 Meter über seinem »geliebten Eisenach« erhebt. Hier hatte er vor mehr als zwei Jahrzehnten bei Frau Ursula Cotta gewohnt und mit Eisenach verband sich auch die Erinnerung an den eingekerkerten Barfüßermönch und dessen Prophezeiung: »Ein anderer wird nach mir kommen, den werdet ihr sehen!«

Es war finster, eine Stunde vor Mitternacht, als sich die Reiter der Burg näherten. Die Eisenacher bekamen Martin nicht zu Gesicht. Der Schlosshauptmann Hans von Berlepsch nahm seinen Schutzgefangenen auf der Zugbrücke entgegen und brachte ihn in zwei abgelegene, über eine Zugstiege zu erreichende Kammern. Alles war vorbereitet, sogar für andere Kleider hatte man gesorgt. Der Schlosshauptmann befiehlt Martin, sich das Haar an Kopf und Kinn wachsen zu lassen. Gegürtet mit dem Wehrgehänge, geziert mit strubbeligem Bart, lebt Martin als Junker Jörg zehn Monate auf der Festung. »Zwei edle Knaben« bringen das Essen, und wenn er die Burg verlässt, überwacht ihn ein bewaffneter Knecht. Seine Identität ist das bestgehütete Geheimnis des Fürsten und seiner engsten Vertrauten.

Auf der Wartburg, »im Revier der Vögel«, wie Martin seinen unfreiwilligen Aufenthalt nennt, durchlebt der vogelfrei gesprochene Mann eine der bösesten Anfechtungszeiten seines ganzen Lebens. Dem Freundeskreis entzogen, der Gespräche beraubt, wird er von der Vergangenheit, aus der er sich so mühsam befreit hatte, wieder eingeholt. Der Teufel plagt ihn wieder, und während er ihn als Kind und jungen Mann mit Unwertgefühlen verstörte, stempelt er ihn jetzt zum Verbrecher, zum Kirchenschänder: »Er kommt oft, wirft mir vor, es sei großes Ärgernis und viel Böses aus meiner Lehre entstanden. Da setzt er mir wahrhaftig bisweilen hart zu, macht mir Angst und Bange. Und wenn ich schon antworte, es sei doch auch viel Gutes daraus entstanden, kann er es mir meisterlich verdrehen, bringt es mir oft mit seinem Disputieren so nahe, dass mir der Angstschweiß darüber ausgeht.«

Martin wehrt sich mit Händen und Füßen, aber der Plagegeist lässt sich nicht vertreiben, da helfen keine Kraftausdrücke, und es bringt auch nicht viel, ihn mit Tinte zu übergießen, »er geht mir all Augenblick auf dem Fuß nach«.

Martin vermisst die gewohnte Tageseinteilung, die Glocke, das tägliche siebenmalige Horengebet in der Brudergemeinschaft. Die Uhr, die ihn zur Vorlesung ruft. Den Wochentag, an dem er Beichte hört, die Sonntagspredigt, Termine mit dem Drucker. Hier wird der Tagesablauf nur von der zweimaligen Mahlzeit geregelt, die ihm die beiden Jungen aus der Schlossküche bringen. Die schmale, gesunde Klosterkost geht ihm ab. Die Burgküche meint es gut mit ihm, er bekommt kräftige Ritterspeise serviert. Thüringer Klöße, halbe Spanferkel, dicke Kochwürste, Brot mit fettem Schinkenspeck. Martin stopft sich voll, als wolle er dem Teufel keinen Platz in seinem Innern lassen. Er legt Gewicht zu. Der hagere Mann quillt so auf, dass man ein Jahr später in Wittenberg sagt: »Martinus ist von einer natürlichen, ziemlichen Feiste.«

Die zwei Räume sind mit einigen Schritten durchmessen. Draußen, hinter den Butzenscheiben, liegt das weite Thüringer Land mit seinen Flecken, Märkten und Städten. Tausende von Kilometern ist Martin durch die Lande gegangen, nach Rom, Leipzig, bei Visitationen der ihm unterstellten Distriktsklöster, er ist nach Heidelberg gelaufen, nach Erfurt. Jetzt sitzt er fest. Das schwere Essen, die Bewegungslosigkeit setzen seinem Körper zu. In hinausgeschmuggelten Briefen an eingeweihte Freunde klagt er über Verstopfung. Bereits nach den ersten Tagen »im Revier der Vögel« schreibt er: »Mein Ars ist bös worden.« Im Juni: »Ich leide an hartnäckiger Verstopfung wie noch nie in meinem Leben. Ich bin verzweifelt.« September: »Vor

Schmerzen habe ich bald den Geist aufgegeben, ich bin in Blut gebadet.«

Wahrscheinlich hat er einen Analriss erlitten, der nach jeder harten Verdauung neu aufbricht. Das bisschen Bewegung, wenn er mal auf eine Jagd mitkommt oder in Begleitung seines Wachknechts hinab nach Erfurt in den Buchladen geht, bringt keine Erleichterung.

Martin hadert mit sich, mit Gott, der Welt und seinem Fürsten. »Ich sitze den ganzen Tag müßig und schwermütig und fülle mir den Leib.«

»Revier der Vögel« hört sich romantisch an. Aber für Martin ist die Burg auch »meine Wüstenei«, steinige Einsamkeit, ein teufelsverseuchter Platz.

Gegen die Anfechtungen durch den Teufel hilft nur ein Mittel: Arbeit. Sein Tisch ist übersät mit Papieren, einen ganzen Korb voll Gänsefedern verschreibt er. Das Manuskript einer dicken lateinischen Streitschrift über die *Mönchsgelübde* kriegt er über Mittelsmänner bei einer Druckerei unter. In der Vorrede heißt es: »Mein Gewissen ist frei und erlöst und das ist die höchste und größte vollkommene Freiheit. Darum bin ich ein Mönch und bin doch keiner, eine neue Kreation, nicht des Papstes, sondern Christi.«

Wenigstens an einer Stelle aber kann Martin gutmachen, Reue zeigen, Unterwerfung: Der verlorene Sohn, vom Orden, vom Heiligen Vater, vom Kaiser verstoßen, kehrt zum leiblichen Vater zurück. Jetzt, im Vergleich zu der Umkehr, die man ihm abverlangt und die für ihn ausgeschlossen bleibt, fällt ihm das leicht.

In der Vorrede von den *Mönchsgelübden* widmet er das Werk Johannes Luther, seinem Vater: »Ihr seid ja noch Vater und ich immer noch Sohn. Auf Eurer Seite steht göttliches Gebot und Gewalt, auf meiner die Anmaßung.«

Anmaßung, so sieht er es jetzt, dass er unter Missachtung des »gebotenen Gehorsams« seinen eigenen, den Mönchsgehorsam wählte, sich eigenmächtig der elterlichen Autorität entzog. Er unterschreibt seine Widmung: »Seid gesegnet, mein lieber Vater! Und meine Mutter, eure Margreta, samt unserem ganzen Geschlecht, Grüße in Christo aus der Wüstenung.«

Vier Jahre später, wieder in Krisenzeit, mitten im Bauernkrieg, wird Martin sich abermals auf Sohnespflichten berufen: »Ich hab aus Begehren meines lieben Vaters mich verehelicht«, und das bedeutete endgültig die Aussöhnung: »Da nahm mich mein Vater zu Gnaden an und ich wurde wieder lieber Sohn.« – Nach mehr als zwanzig Jahren.

Die in der Wartburgzeit angebahnte Beilegung des Vater-Sohn-Konflikts war die Voraussetzung für die patriarchalische Denkweise des späteren Luther in Sachen Obrigkeit. 1529 heißt es im Großen Katechismus: Die Eltern ehren begreift nicht bloß die Kindesliebe in sich, »sondern auch eine Zucht, Demut und

Scheu als gegen eine Majestät«, die in den Eltern verborgen ist. »Denn aus der Eltern Obrigkeit fließt und breitet sich alle andere. Also dass alle, die Herren heißen, an Elternstelle sind.«

In den *Mönchsgelübden* bearbeitet Martin seine eigenen Probleme. Aber seine Freunde in Wittenberg erwarten mehr. Man drängt Luther, er möge sich doch an eine Übersetzung der Bibel machen. Er, der sich immer wieder auf die Bibel beruft, solle doch auch dem Volk die Bibel geben. Schon vor Luther gab es eine Reihe von Verdeutschungen, doch überzeugend waren sie alle nicht. Martin kniet sich in die neue Arbeit. Er überprüft den kirchenamtlichen lateinischen Text des Neuen Testaments, fühlt sich in den griechischen Originalwortlaut ein, übersetzt und fasst die Bibel bei ihrer eigenen, von mündlicher Überlieferung geformten Sprechweise. Die bisherigen Übersetzungen waren in Schriftdeutsch gehalten; Martin geht einen anderen Weg: »Man muss nicht die Buchstaben der lateinischen Sprache fragen, wie man Deutsch reden soll, so wie es diese Esel tun. Sondern man muss die Mutter im Hause, die Kinder auf der Gasse, den einfachen Mann darum fragen und denselbigen auf das Maul sehen, wie sie reden, und danach übersetzen, so verstehen sie es und merken, dass man deutsch mit ihnen redet.«

Im September nach dem Wartburgjahr wird das

*Titelblatt von Luthers Bibelübersetzung, Wittenberg 1541*

Neue Testament in Druck gegeben. Die ersten 5000 Exemplare sind in kaum acht Wochen weg. Einer von Martins literarischen Gegnern kommentiert verärgert: »Luthers Neu Testament war durch die Buchdruckerei dermaßen vermehrt und in so großer Zahl ausgesprengt, dass auch die Schneider und Schuster, ja auch Weiber und andere einfältige Idioten dasselbe mit höchster Begierde lasen. Etliche trugen dasselbe mit sich im Busen herum und lernten es auswendig. Ja, es fanden sich auch armselige Weiber, die sich aus geiler Verachtung der Unwissenheit der Männer mit Doktoren und ganzen Universitäten anlegten und waren ohne die geringste weibliche Scham so vermessen, dass sie sich auch des Predigtamtes und Lehrens der Kirche anmaßten.«

Im Dezember 1521 stattet Luther dem zweihundert Kilometer entfernten Wittenberg einen Blitzbesuch ab. Als Edelmann verkleidet, in Hosen, Wappenrock, das Schwert im Gehänge, trifft er in Begleitung seines Wachknechtes in der Stadt ein und sucht heimlich die engsten Vertrauten auf. Gerüchte waren bis auf die Festung gedrungen und hatten ihn in Sorge versetzt.

Bereits im vergangenen Sommer war es in Erfurt zu einer »Pfaffenschlacht« gekommen. Häuser der Geistlichkeit waren von Studenten gestürmt und verwüstet, Aktenberge des Gerichts verbrannt worden. Jetzt, hieß es, sollte es auch in Wittenberg zu Unruhen gekommen sein. Man munkelte, dass der Rat der Stadt einen Sturm aufs Kloster befürchte und bereits Gegenmaßnahmen träfe. Steine seien schon geflogen, einem bettelnden Antoniusmönch habe man in die Predigt hineingeschrien und ihn mit Kotwürfen aus den Mauern getrieben.

Martin will sich in Wittenberg an Ort und Stelle selbst überzeugen. Er findet die Berichte übertrieben. »Was ich höre und sehe, gefällt mir alles ganz ausgezeichnet«, meint er.

Er muss sich verborgen halten. Am Hof soll seine Extratour schon durchgesickert sein; der Fürst sei überaus ungehalten, flüstert man ihm zu. Martin verspricht seinen Freunden eine Schrift an die »Christen, sich zu hüten vor Aufruhr und Empörung« und reitet zurück Richtung Eisenach. Am 12. Dezember ist er wieder in seiner Klause.

Wieder sitzt er am Tisch und schreibt: Ihr seid die Pfaffen leid? Sie werden von selbst verschwinden, »ohne allen Rumor und Empörung«, wenn man ihnen den falschen Glauben aus den Herzen predigt. Das Papsttum hat seinen Schein verloren. Die Papisten haben nur noch die Gewalt, die ihre alte Ordnung stützt, aber mit Gewalt kann man keine Gewalt erhalten. »Sieh nun, treibe und hilf treiben das heilige Evangelium. Lehre, rede, schreibe und predige, dass Menschengesetze nichts sind. Wehre und rate, dass niemand Pfaff, Mönch, Nonne werde und, wer drinnen ist, herausgehe. Gib kein Geld mehr für Kerzen,

Glocken, Zierrat, Kirchen. Sage, dass ein christliches Leben stehe in Glaube und Liebe. Und lass uns das noch zwei Jahre treiben, so wirst du wohl sehen, wo der Papst, Bischof, Kardinal, Pfaff, Mönch, Nonne, Glocken, Turm, Messe und das ganze Geschwürm und Gewürm des päpstlichen Regiments bleibt.«

Die Schrift erscheint im Januar. Martin ist zuversichtlich, dass seine Leute darauf hören werden. Nicht »leiblichen Aufruhr« gilt es anzuzetteln, sondern dem Papsttum die Moral zu untergraben. Wenn die päpstliche Kirche sich nicht mehr auf Gesetz und Moral berufen kann, wird sie zwangsläufig »wie Rauch verschwinden«.

Inzwischen geht es in Wittenberg stürmisch zu. Doktor Andreas Karlstadt, ein Mann eigenen, selbständigen Geistes, stellte sich an die Spitze der Reformation. Der Professor, im letzten Jahrzehnt achtmal Dekan des theologischen Fachbereichs der Hochschule, trat am Weihnachtsabend 1521 in normaler, bürgerlicher Kleidung an den Altar der Schlosskirche, predigte, teilte das Abendmahlsbrot aus und reichte dazu den Weinbecher herum, der bislang den geweihten Priestern vorbehalten gewesen war. Kurz zuvor hatte Karlstadt seine Gelübde aufgekündigt und sich verlobt.

Zusammen mit dem Rat der Stadt arbeitete Andreas eine »Ordnung der Stadt Wittenberg« aus, die einschneidende Änderungen für das öffentliche Leben bedeutete. Ein Punkt der neuen Ordnung besagt, dass man im Zuge der Erneuerung des Zusammenlebens die Wittenberger Kirchen von den Bildern reinigen wolle. Das wurde der Auslöser für den »Wittenberger Bildersturm«. Heiligenstatuen werden aus Nischen gebrochen, Nebenaltäre umgestoßen, Reliquien zertreten, Gemälde verbrannt, das Öl des Sterbesakraments verschüttet. Ein großer Teil der Bevölkerung macht begeistert mit.

Im Nachhinein veröffentlicht Andreas Karlstadt eine Schrift, in der er die Maßnahmen der neuen Ordnung begründet. Bücher statt Bilder, fordert er. In der Papstkirche hatte es geheißen, Bilder sind die Bücher der Laien. Aber es gibt keine Laien mehr, sagt Karlstadt, wir alle sind von Gott gelehrt. In Wirklichkeit seien die Papisten darauf aus, das Volk unmündig zu halten. Aber Volksverdummung sei Gotteslästerung. Gott wolle, dass jeder sich Rechenschaft von seinem Glauben geben könne. Dazu aber könnten Bilder nicht helfen. Sie lullten die Menschen nur ein. Die Andacht, die Christen den Bildern schenken, seien sie Gott selbst schuldig. »Sonst bekennt ihr fremde Götter, macht Gottes Bethaus zum Hurenstall.«

Gleich neben der Forderung ›Bücher statt Bilder‹ steht bei Karlstadt die Forderung: ›Bildung statt Bettel‹. Bettelwesen soll es künftig in Wittenberg nicht mehr geben. Mönche sollen sich vom Predigtdienst oder von ihrer Hände Arbeit ernähren. Die Stadtarmen sollen aus einem »gemeinsamen Kasten« versorgt werden. »Das ist wahr, wir sollen alle arbeiten und das Brot unseres Schweißes essen. Aber wenn Gott einen arm macht, sollen die Reichen wissen, dass sie den Armen ernähren und erhalten müssen.« Dabei denkt Karlstadt nicht nur an Almosen, sondern an Hilfe zur Selbsthilfe: »Will einer Buchdrucker, Goldschmied, Schneider, Schuster oder dergleichen Handwerk lernen« und ihm fehlen die Mittel dazu, soll man ihm aus dem gemeinsamen Kasten leihen, so viel einer bedarf. »Denn Gott will haben, dass ihr auf Anfechtung, Not, Angst eurer Brüder, ja aller Menschen sollt sehen.«

Karlstadts Botschaft kommt in Wittenberg an. Mönche verlassen die Klöster, werden Schuster, Bäcker, Schreiner, gehen die Ehe ein. Der Wittenberger Stadtrat befiehlt den noch im Kloster verbliebenen Mönchen die Räumung. Er erleichtert ihnen den Übergang ins bürgerliche Leben. Die Kirchen bleiben tagsüber geschlossen, sonntags hält man die »deutsche Messe« darin. Lebt einer in »Unehe«, soll er die Frau heiraten oder aber ziehen lassen.

Dazwischen tauchen neue Prediger und Propheten auf. Es sind Leute, die aus Zwickau kommen, einer Erzgruben- und Tuchmacherstadt hundert Kilometer südlich von Wittenberg. Sie prophezeien die nahe Weltrevolution, bei der kein Unfrommer, Pfaffe oder Geistloser überleben werde. Dann werde ein einziger

Glaube, eine Taufe, ein gemeinsamer Besitz alle Menschen vereinen. Ein Hochschulprofessor schreibt dem Kurfürsten über die »Zwickauer Propheten«, wie er sie bezeichnet: »Es ist wunderbar, was sie von sich sagen. Gott habe sie mit deutlicher Stimme berufen, zu lehren und zu predigen. Ich kann gar nicht sagen, wie beeindruckt ich davon bin. Aus vielem geht hervor, dass es wirklich der Geist ist, der ihnen diese Gewissheit gibt. Aber wer könnte über diesen Geist so angemessen urteilen wie Martinus? Deshalb muss auf alle Weise möglich gemacht werden, dass diese Leute mit Martinus zusammenkommen.«

Kurfürst Friedrich lässt Luther ein Schreiben zukommen, in dem er sich besorgt über die Zustände in der Stadt äußert. Die Stiftsherren in der hofeigenen Schlosskirche, die noch den Messegottesdienst in herkömmlicher Weise zelebrieren, werden bedroht, schikaniert, die Unsicherheit wächst: »Sie machen es in Wittenberg so wunderlich und mancherlei, dass so viele Sekten daraus wurden, dass jedermann darüber irre wurde und niemand wüsste, wer Koch und Kelle ist.«

Jetzt hält es Martin nicht mehr länger in der Burg. Er verstaut seine Habseligkeiten, Bücher und Schreibsachen, sattelt ein Pferd und reitet los. Es sind die letzten tollen Tage der Fastnacht. Niemand erkennt den Reiter im roten Käppchen, Hosen und Wams, der im Wirtshaus »Zum Bären« unweit von Jena abgestiegen ist, an einem Tisch sitzt und schreibt: »Ich habe Euer Kurfürstlich Gnaden genug getan, dass ich dies Jahr Euch zum Gefallen gewichen bin. Ich komme nach Wittenberg in viel höherem Schutz denn dem Euren. Ich habe es auch nicht im Sinn, von Euer Kurfürstlich Gnaden Schutz zu begehren. Ja, ich meine, ich wollt Euer Kurfürstlich Gnaden mehr schützen, denn sie mich schützen könnte.« Der Fürst ist entschuldigt, »so ich gefangen oder getötet würde«. Schickt der Kaiser wirklich seine Büttel, soll der Fürst ihnen nicht wehren. Jedenfalls wolle er, Luther, den Fürsten nicht in Schaden und Gefahr bringen. Aber er möge jetzt endlich seine sorgenvollen Bedenken aufgeben. »Wenn Euer Kurfürstlich Gnaden glaubte, so würde sie Gottes Herrlichkeit sehen. Weil sie aber noch nicht glaubt, hat sie auch noch nichts gesehen.«

In der Stadt lässt Martin sich den Bart abnehmen und die Tonsur, die »Platte«, wieder ausscheren, zieht die Augustinerkutte über und nimmt wieder Besitz von seinem Turmzimmer. Am Sonntag darauf, dem 9. März, liest er die Messe. Einige Heiligenbilder haben den Sturm überlebt, Martin hat sie ins Gotteshaus zurückbringen lassen. Dann steht der exkommunizierte Mönch auf der Kanzel und predigt, täglich, eine Woche hindurch. Bis vor die Tür stauen sich die Leute.

Die Schatten der Wartburg sind weg. Martins Stimme ist frei, zuversichtlich. Er donnert nicht von der Kanzel herunter, er bittet, überzeugt, redet brüderlich, mit Geschwistern. »Macht mir kein Musssein aus dem Freisein«, erklärt er ihnen. Heiraten oder nicht, Bilder abtun, Fastengebote befolgen und dergleichen, das kann man tun oder lassen, wie man will. Das sind Äußerlichkeiten, die Gott freistellt. Nur setzt an die Stelle der alten Zwänge keine neuen. Bleibt bei der Freiheit, lasst euch Freiheit. Die Freiheit des anderen ist auch meine Freiheit. »Dieweil ich den Glauben nicht ins Herz gießen kann, so kann ich auch niemand dazu zwingen.« Wir sind nicht alle gleich stark im Glauben, betont er. Immer werden einige weiter sein als die anderen. Aber pass auf, dass du darüber nicht den Bruder verlierst. Lasst uns einfühlsam miteinander umgehen, »die Hände zusammenreichen, einer dem anderen helfen, raten und wohl tun in all seiner Notdurft, lasst uns einer des anderen Unglück, Angst, Not und Widerwärtigkeit annehmen, als wären sie unser eigen«. Und er fasst zusammen: »Predigen will ich's, sagen will ich's, schreiben will ich's. Aber zwingen und dringen mit Gewalt will ich niemand.«

Das Unerwartete geschieht. Die Wittenberger gehen aufeinander zu. »Hier ist nichts mehr denn lauter Lieb und Freundschaft«, schreibt Martin im Mai. Er nimmt seine Vorlesungen wieder auf, trinkt unter den Leuten sein Wittenbergisch Bier, lässt sich foppen wegen seiner »ziemlichen Feiste«, beantwortet Briefe, stellt Rückfragen und arbeitet schon an einer neuen Veröffentlichung. Zwischen Andreas Karlstadt und ihm ist es nicht zur Aussöhnung gekommen. Luther hat die Reformen zurückgedreht. Die meisten führt er im Lauf der nächsten Jahre dann selbst wieder ein, deutschen Gottesdienst, Abendmahl mit Brot und Wein, den gemeinsamen Kasten für die Bedürftigen und Armen. Karlstadt gerät unter politischen Druck. Kurfürst Friedrich mag ihn nicht mehr an seiner Universität sehen. Andreas Karlstadt zieht die Konsequenzen. Er hängt den Professorentalar an den Nagel und übernimmt eine Dorfpfarrstelle in Orlamünde, auf halber Strecke zwischen Erfurt und Zwickau gelegen. Er lässt sich nicht mehr mit Doktor oder Hochwürden anreden, greift zu Hacke und Spaten. Barhäuptig wie die Bauern, mit bloßen Füßen arbeitet er auf dem Feld, lädt im Stall Mist auf und ist für die Nachbarn »Bruder Enders«.

Wege haben sich geteilt, die sich nicht mehr treffen. Andreas beschließt seinen Lebenslauf als geachteter und angesehener Lehrstuhlinhaber in der Schweiz. Bei den dortigen Reformierten kann er seine Gedanken einbringen und seine Ideen verwirklichen. In Wittenberg atmet man auf. Aber die Ruhe trügt. Ein Streit ist abgebrochen, aber nicht wirklich ausgetragen worden: Nicht mehr Wittenberg oder Rom, sondern Bürger- oder Bauernpfarrer heißt jetzt die Alternative.

In Südwestdeutschland und Thüringen gärt es bereits. Im südlichen Sachsen steht Herzog Georg bereit, seinem kurfürstlichen Vetter Friedrich, der das

Edikt des Kaisers nicht vollzieht, Truppen auf den Hals zu schicken. Die Atmosphäre ist geladen. Währenddessen sitzt Martin an der neuen Veröffentlichung: *Vom ehelichen Leben.*

Er geht gegen die klerikale Bevormundung sexueller Beziehungen an, gegen die Verteufelung von Ehe und Sexualität durch den Papst und die Pfaffen. »Wiewohl mir graut und wenn ich auch nicht gern vom ehelichen Leben rede«, beginnt er, »muss ich's doch tun, denn der Jammer durch die päpstlichen, verdammten Gesetze ist so schändlich.« Martin beruft sich auf die Schöpfungsgeschichte: »Gott schuf den Menschen, dass er ein Männlein und Fräulein sein sollt. Aus dem Spruch sind wir gewiss, dass Gott die Menschen in zwei Teil geteilt hat, dass Mann und Weib oder ein Er und Sie sein sollt. Und das hat ihm so gefallen, dass er selbst das ein gut Geschöpf nennt. Geschlechtliche Beziehungen gibt es in der ganzen Natur. Gott selbst hat dem Leib die Glieder, Adern, Ausflüsse und alles, was dazu dient, gegeben und eingesetzt. Wer dem wehren will und nicht zulässt, wie die Natur will und muss, was tut der anders, denn dass er der Natur verwehren will, Natur zu sein? Dass also Feuer nicht brenne, Wasser nicht netze, der Mensch nicht esse, trinke, schlafe? Wo aber unwillig Keuschheit ist, da lässt die Natur ihr Werk nicht. Dass ich es grob heraus sage um der elenden Not willen: Fließt es nicht ins Fleisch, fließt es ins Hemd. Aber die Verstockten wollen uns zwingen, ein Mann solle nicht fühlen seinen männlichen Leib noch eine Frau ihren weiblichen Leib.«

In der Schrift geht es um eine neue Sicht der Ehe: »Davon wollen wir aber am meisten reden, dass der ehelich Stand in so einem jämmerlich schlechten Ruf bei jedermann steht. Es gibt viel heidnische Bücher, die nichts als die Laster der Weiber und des ehelichen Standes Unlust beschreiben, also dass ein Weib bloß ein nötiges Übel sei. Das sind Worte blinder Heiden. Ich halt auch für wahr, wenn die Weiber wollten Bücher schreiben, so würden sie von den Männern auch dergleichen sagen.« Selbst bei Arbeiten, über die Männer ihre Nase rümpfen, gibt Luther zu bedenken: »Wenn ein Mann hinginge und wüsche die Windeln und täte sonst am Kind ein verächtlich Werk und jedermann spottete seiner und hielte ihn für einen Maulaffen und Frauenmann, wäre es nicht trotzdem recht getan im christlichen Glauben?«

Dennoch: Martin ist ein Mann. Auch er bleibt dem Männlichkeitswahn verhaftet und kann sich nicht von seiner Zeit und ihrer Sichtweise lösen. In der Frau sieht er eine bedauerlich minderbemittelte Ausgabe der Gattung Mensch. »Unkraut wächst schnell, darum wachsen Mädchen schneller als Jungen.« Und: »Eine Frau hat häuslich zu sein, das zeigt ihre Beschaffenheit an; Frauen haben nämlich einen breiten Podex und weite Hüften, dass sie sollen stille sitzen.« Das sind zwei seiner einschlägigen Äußerungen. Immerhin aber verweist er auf die Bibel, die dem Mann untersagt, sich auf Kosten seiner Frau aufzuspielen. Er mahnt: »Der Mann soll sein Weib nicht halten wie ein Fußtuch.« Und er fasst zusammen: »Der Frauen kann die Welt nicht entraten, auch wenn die Männer aus eigener Kraft Kinder hervorbringen könnten. Meine Wirtin in Eisenach hatte Recht, als sie sagte, da ich daselbst zur Schule ging: ›Es ist kein lieber Ding auf Erden denn Frauenliebe, wem sie kann zuteil werden.‹«

Unter Zeitgenossen galt die Schrift als aufrührerisch: »Es wär nicht gut uns armen Ehemännern, dass böse Weiber darinnen lesen sollen.«

Überhaupt ist es eine aufrührerische Zeit, eine Zeit des Umbruchs und Wandels. Während Luther seine Schrift verfasst, umsegelt der Portugiese Maghellan die Erde und hat damit bewiesen, dass sie rund ist. Mit fünf Schiffen war die Expedition in See gegangen; ein Schiff mit dreizehn Überlebenden und 525 Pfeffersäcken an Bord kehrte drei Jahre später heim. Pfeffer ist eine solche Kostbarkeit, dass die Fracht die gesamten Kosten deckte.

Ende 1521 stirbt der Papst Leo X., zwei Jahre später Hadrian VI., sein Nachfolger. Clemens VII., der neue Papst, wird bis 1534 der Gegenspieler Luthers sein.

Das Wormser Edikt ist nach wie vor rechtsgültig, kann in der praktischen Anwendung jedoch nur punktuell gegen die Anhänger Luthers vollzogen werden. In Brüssel werden zwei Mönche auf dem Marktplatz verbrannt, der dritte stirbt im Kerker. Sie wurden der Verbreitung lutherischer Irrlehren beschuldigt. In Wien wird ein Mann als »Martianer« geköpft. Wegen Verbreitung ketzerischer Flugblätter kommt in Dresden ein Leiermacher an den Pranger. »Der Henker hat ihm die Schandbrief zu essen gegeben.« Einem Kirchendiener werden in Südsachsen die Ohren und ein Stück Backe abgeschnitten, weil er als Laie öffentlich gepredigt hat. Gleichzeitig aber gehen die ersten Lutherlieder an die Öffentlichkeit. In Madeburg hat »ein alter armer Mann, ein Tuchmacher, die ersten geistlichen Lieder feilgeboten. Er sang sie, wohin er kam, dass sie so verbreitet wurden, dass sie vom Volk täglich in allen Kirchen, bevor man die Predigt anfing, gesungen wurden.«

Ende 1524, sieben Jahre nach dem Thesenanschlag und fünfzehn Jahre nach seinem Eintritt ins Erfurter Kloster, legt Martin seinen Mönchshabit ab. Er bezieht nun ein Jahresgehalt von 100 Gulden. Und nicht nur er verlässt die Möncherei. Aus einem Kloster der Grafschaft Mansfeld entlaufen sechzehn Nonnen. Eine davon, Ottilie von Gersen, heiratet den Bauernführer Thomas Müntzer. Käthe, Ave und zehn weitere »Bräute Christi«, darunter auch eine Schwester von Staupitz, lassen sich, unter leeren Heringstonnen versteckt, aus einem Kloster bei Leipzig entführen. Käthe wird später Luthers Frau.

Der Tübinger Astronom Stöffler prophezeit für das Jahr 1524 eine große Flut, die in deutschen Landen großen Schaden anrichten werde. Bauern und Arbeiter mobilisieren sich im thüringischen Land. Ein polnischer Diplomat, der Deutschland bereist, schreibt: »Unterwegs hörte ich von den Bauern viele harte Schmähungen und Vorwürfe gegen Luther und seine Mitschuldigen. Denn man glaubte, weil während der Fastenzeit die meisten Fleisch gegessen hatten, deshalb verwüste Gott das ganze Land.« Ein sächsischer Handwerker diskutiert öffentlich gegen einen Leipziger Professor, nennt die studierten Leute »Heuchler, Betrüger, Verführer«, wirft dem Professor mangelnde Bibelkenntnisse vor und fragt: »War Paulus nicht ein Handwerksmann? Was weißt du, ob er Schuhe, Röcke oder Pelze geflickt hat? So waren auch die Apostel arme Fischer und nährten sich durch ihre Hand. Und ihr fresst euer Brot umsonst. Gott sei geklagt. Nun, Gott wird es nicht länger dulden, er wird eher einen Sauhirten gegen euch erwecken!«

## Thomas Müntzer und der Bauernkrieg

*»Ich, M. Luther, habe im Aufruhr alle Bauern erschlagen. Denn ich habe sie totschlagen heißen. All ihr Blut ist auf meinem Hals.«*

*1524–1525*

Ein Sauhirte war Thomas Müntzer nicht, aber er hätte gegen eine solche Bezeichnung nichts einzuwenden gehabt. »Botenläufer Gottes«, »Landsknecht Christi«, »Seelenwärter« oder »Thomas Müntzer mit dem Hammer« nannte er sich in seinen Schriften. Wie Luther entstammte Thomas dem Harzer Land, war ein »Harzling« aus Stolberg. Als sein Geburtsdatum gilt der 21. Dezember 1488 oder auch 1489. Seine Lebensdaten sind schlecht zu ermitteln, die persönlichen Lebensumstände spärlich dokumentiert. Schon immer haben die Stiefel der Sieger die Spuren der Besiegten zertreten. Thomas Müntzer wurde totgeschwiegen, verschwand in der Geschichte und wurde erst von der deutschen Arbeiterbewegung des vorigen Jahrhunderts wieder entdeckt.

Wir wissen von ihm, dass er in Leipzig studierte, sein Studium unterbrach und zeitweilig als Lehrer an verschiedenen Lateinschulen arbeitete. 1512 besuchte er die Universität der Stadt Frankfurt an der Oder und erwarb dort den Magistergrad. 1513/14 wurde er zum Priester ordiniert.

Thomas Müntzer wird meist im Zusammenhang mit Luther gesehen. Zu Recht. Aber er ist nicht einfach ein radikalisierter Lutheraner, der die Lehre in aller Konsequenz zu Ende gedacht hat, und er ist auch keine Panne der Wittenberger Theologie. Er ist ohne Luther nicht zu denken. Aber er hat unverwechselbar sein eigenes Profil; er ist Thomas Müntzer.

Er selbst hat sich zuerst durchaus als »Martianer« verstanden. Auch Luther nimmt ihn deutlich in Schutz, als Müntzer wegen seiner antirömischen Kritik Schwierigkeiten bekam.

Um 1518 ist Thomas wahrscheinlich für ein paar Wochen in Wittenberg gewesen und hat dort neben Karlstadt auch Luther persönlich kennen gelernt. Er verfolgt das Rededuell der beiden mit Johannes Eck in Leipzig. Über Luthers Vermittlung erhält er 1520 eine Predigerstelle in der Bergarbeiterstadt Zwickau.

Thomas scheint dann ein zweites Mal in Wittenberg gewesen zu sein, als dort der Bildersturm durch die Kirchen fegte. Auch noch im März 1522 spricht er in einem Briefzusammenhang von »unserem geliebten Martinus«, will mit den Wittenbergern im Gespräch bleiben. Aber dem »geliebten Martinus« ist Müntzer schon damals nicht mehr geheuer: »Er lobt mich (so schreibt Thomas mir) und zugleich verachtet er mich.«

Thomas ist in der Zwischenzeit mit den »Zwickauer Propheten« in Berührung gekommen. Das sind Leute aus dem Volk, Tuchmachergesellen, Bergknappen und Tagelöhner. An ihnen spürt Müntzer den urchristlichen Geist. Unter diesem Eindruck fordert er: »Die Laien müssen unsere Pfarrer werden.« Das Christentum, warnt Müntzer, darf nicht zur Buchreligion verkommen: »Thomas Muntzer wil keinen stümmen, sunder einen redenden Got anbeten.«

Auch Thomas hält an der Bibel fest und zitiert sie fast in jedem zweiten Satz. Denn der »Glaube ohne Bücher« widerspricht nicht der Bibel. Ihr äußeres Wort bekräftigt, bezeugt und bewahrheitet das innere. Das ist ihre Funktion. Aber Müntzer ist davon überzeugt, dass Gott nicht bloß auf dem Papier spricht. Der »redende Gott« möchte sich den Menschen ins Herz schreiben. Nicht auf dem Umweg über ein Buch, sondern durch seinen Geist will er direkt mit ihnen reden – gerade mit den einfachen, unstudierten Leuten. Und diese Menschen, diese Laien, nicht die »tauben, buchstabengläubigen Pfaffen« sollen predigen. »Denn welcher Mensch nicht gewahr und empfindsam geworden ist durch das lebendige Zeugnis Gottes, Römer 8, der weiß von Gott nichts gründlich zu sagen, wenn er gleich hunderttausend Bibeln gefressen hätte.«

Seit Ostern 1523 ist er Pfarrer an der Hauptkirche der kleinen Stadt Allstedt in der Nähe der Mansfelder Erzgruben. Entsprechend seiner Ablehnung der »Schriftgelehrten«, die er »unsere närrischen, hodensäckischen Doktores« nennt oder »die Neutrales, das sind gute Erzheuchler«, führt er eine durchgreifende Gottesdienstreform durch. Er reinigt die Messe von »päpstlichen Possen«, ersetzt die lateinische Kirchensprache der Liturgie durch deutsche Texte und wird als deutscher Liedermacher noch vor Luther zum Initiator des protestantischen Gemeindelieds. Die Ackerbürger der Stadt und die Bergleute aus den Kupfergruben mögen den neuen Prediger. Tausende strömen aus den umliegenden Ortschaften nach Allstedt: »Das arme dürstige Volk begehrte der Wahrheit so fleißig, dass auch alle Straßen voll Leuten waren aus anderen Orten, anzuhören, wie das Amt, die Bibel zu singen und zu predigen, angerichtet ward.«

Und auch in seinem Privatleben macht Müntzer Schluss mit alten Gebräuchen. Er heiratet die entlaufene Nonne Ottilie von Gersen, Ostern 1524 wird ihnen ein Sohn geboren.

Allstedt untersteht direkt der kurfürstlichen Verwaltung. Friedrich lässt Müntzer gewähren. Aber in anderen Orten, so in der Grafschaft Mansfeld, setzt altgläubige Obrigkeit Müntzeranhänger unter Druck. Flüchtlinge treffen in der Stadt ein. Der kurfürstliche Amtmann in Allstedt berichtet an den Hof: »Herr Friedrich von Witzleben ist bei seinen Untertanen in Schönwerda eingefallen. Einige hat er gefangen hinweggeführt, aber der größte Teil ist entkommen. Er hat einige große Geschütze gehabt, viel berittene Söldner und Fußvolk.«

Ungewarnt hat der Witzlebener das Dorf überfallen, auch die Kirche ausgeraubt. Die Flüchtlinge wenden sich an den Allstedter Prediger, der ist »ganz und gar erbittert, predigt und befiehlt unverhohlen, dass sich das Volk untereinander verbünden soll. Er befiehlt auch den Frauen, Jungfrauen und wer sich wehren kann, sich mit Mistgabeln und dergleichen dawiderzusetzen und zu wehren, was auch einige kecke Frauen und Jungfrauen angefangen haben.«

Allstedts Stadtgraben wird Ort eines heimlichen Treffens. Dreißig Leute versprechen sich ein »Verbündnis«. Von den altgläubigen Herren schikaniert, schwören sie der päpstlichen Kirche ab. Sie vereidigen sich untereinander, »bei dem Evangelium zu stehen, Mönchen und Nonnen kein Zinsgeld mehr zu geben und dieselben zu zerstören und vertreiben helfen«.

Im nahe gelegenen Mallerbach wird eine Marienkapelle zerstört, von Müntzer als »Ziegenstall« bezeichnet.

Müntzer muss sich vor den Fürsten dafür verantworten. Als von ihm verlangt wird, seine Lehre vorzulegen, hält er vor den »teuren Herzögen und Vorsteher zu Sachsen« seine berühmte ›Fürstenpredigt‹: Aufgabe der Fürsten ist es, die Gläubigen vor den Gottlosen zu schützen. Die Obrigkeit ist nicht Herr, sondern Diener des Schwerts. Das Schwertamt ist ihnen von Gott gegeben, »die Gottlosen zu vertilgen«. Wo sie das nicht tun, wird ihnen das Schwert genommen werden. Sie sollen den Feinden zuerst Frieden anbieten, wo die sich aber widersetzen, soll man sie erwürgen. »Anders kann die christliche Kirche zu ihrem Ursprung nicht wiederkommen.«

Jetzt greift Luther ein. Er schreibt einen offenen Brief *An die Fürsten von Sachsen vom aufrührerischen Geist*. Auf die theologische Frage, die Müntzers Lehre vom Gewaltrecht der Liebe aufwirft, geht Luther nicht ein. Aber er unterstreicht: »Euer Fürstliche Gnaden soll nicht wehren dem Amt des Wortes. Man lasse sie nur getrost und frisch predigen. Ist ihr Geist recht, so wird er sich vor uns nicht fürchten und wohl bleiben. Ist unser recht, so wird er sich weder vor ihnen noch vor sonst jemand fürchten. Man lasse die Geister aufeinander platzen und treffen. Wo sie aber mehr tun wollen denn mit dem Wort fechten, und wollen auch brechen und schlagen mit der Faust, so soll Eure Fürstliche Gnaden zugreifen, es seien wir oder sie, und sagen: Die Faust haltet stille oder hebt euch zum Land hinaus!«

Müntzer wird nach Weimar vorgeladen. Dort wird ihm eröffnet, er habe jede weitere aufrührerische Predigt zu unterlassen, und ihm wird verboten, seine Schriften in Druck zu geben.

Thomas Müntzer sah darin eine Machenschaft Luthers. Spätestens jetzt ist ihm klar: »Ich predige einen solchen Christenglauben, der mit Luther nicht übereinstimmt.«

Als der Kurfürst überdies noch die Auflösung des »Allstedter Bundes« verfügt und einige Bundesmitglieder abfallen, verlässt Müntzer heimlich bei Nacht die Stadt und begibt sich nach Süddeutschland. Unterwegs macht er in Nürnberg Zwischenstation und gibt zwei Schriften, seine Abrechnung mit Luther, in Druck: »Der Doktor Lügner ist aber ein einfältiger Mann, dass er schreibt, das Predigen soll man mir nicht wehren. Da will er seine Hände aufs Unschuldigste waschen, dass niemand merken soll, dass er ein Verfolger der Wahrheit ist. Aber die gottlosen Regenten soll niemand richten, ob sie auch Christus mit Füßen treten! Du solltest deine Fürsten bei der Nase rucken! Die Grundsuppe des Wuchers, der Dieberei und Räuberei sind unsere Herren und Fürsten! Die nehmen alle Kreatur zum Eigentum, die Fische im Wasser, die Vögel in der Luft, das Gewächs auf Erden muss alles ihnen sein. Darüber lassen sie Gottes Gebot ausgehen unter die Armen und sprechen: Gott hat geboten, du sollst nicht stehlen! Doch sie sind es, die Menschen nötigen, schinden und schaben. Wo der Arme sich vergreift am Allergeringsten, muss er hängen, da sagt der Doktor Lügner: Amen!«

Im Dezember erreicht Thomas den südlichen Schwarzwald. Dort kommt es ein paar Wochen später zum ersten großflächigen Aufstand. Das Grundsatzprogramm der Bauern, die *Zwölf Artikel*, erscheint.

Deutschland ist im Reformationsjahr fast noch reines Agrarland. Der Bauernstand stellt neunzig Prozent der Gesamtbevölkerung, und rein materiell gesehen geht es den Bauerm um diese Zeit weitaus besser als in manchen Elendsjahrhunderten des zurückliegenden Mittelalters. Was die Bauern in Rage bringt, ist ihre zunehmende Rechtsunsicherheit. Immer mehr kleine und große Herren wollen sich an ihnen schadlos halten, auf Kosten der Bauern schmarotzen. Unentwegt werden neue Rechtstitel erfunden, die den Bauern immer mehr Personen- und Besitzrechte nehmen.

Besonders üble Formen nimmt die Rechtlosigkeit der Bauern in den Territorien an, die in eine Unzahl von kleinen politischen Einzelherrschaften zerfallen. Das trifft vor allem auf Südwestdeutschland zu, wo sich noch nicht wie im übrigen Deutschland starke politische Zentralgewalten gebildet haben. Unruhen gärten im südlichen Deutschland schon lange, waren aber lokale Einzelerscheinungen geblieben. Erst 1524/25 kommt es in größeren Regionen zu breit gefächerten Bauernprotesten.

Die Bauern verlangen in ihrer bedeutendsten Programmschrift, den zwölf *grundlichen und rechten Hauptartikel aller Baurschaft*, zunächst ihre früheren Besitzstandsrechte zurück. »Wildbret, Geflügel oder Fische in fließenden Gewässern zu fangen« (IV. Artikel), die Holz- und Nahrnutzung des Waldes, »denn unsere Herren haben sich die Wälder alle allein angeeignet« (V. Artikel), das Weide- und Ackerrecht der dorfeigenen Liegenschaften, »dieselben werden wir wieder in unseren gemeinsamen Besitz nehmen« (X. Artikel).

Zweitens führen die Bauern Klage gegen Klöster, Adelige und geistliche Herren, die Besitzrechte an Menschen beanspruchen und den Bauern Dienstleistungen aufbürden, »die von Tag zu Tag mehr und täglich umfangreicher werden« (VI. Artikel). Die Herren maßen sich das Recht auf Leibeigenschaft an Menschen an, »was zum Erbarmen ist, wenn man bedenkt, dass uns Christus alle mit seinem kostbaren Blut erlöst und erkauft hat« (III. Artikel), ja, sie fordern im Todesfall eines abgabepflichtigen Bauern Schadenersatz durch die Hinterbliebenen, die »Witwen und Waisen«. Diesen Brauch wollen die Bauern »ganz und gar abschaffen und ihn nimmer dulden und gestatten« (XI. Artikel).

Drittens setzen die Obrigkeiten ihre Geld- und Naturalforderungen immer höher hinauf. Die Bauern erklären sich bereit, wie bisher den »Zehnten« von Getreide und anderen Agrarprodukten als Steuerleistung zu entrichten. Aber den »kleinen Zehnten« von Vieh und tierischen Produkten wollen sie nicht mehr geben, »denn Gott der Herr hat das Vieh frei für den Menschen geschaffen, so dass wir es für einen unzulässigen Zehnten halten, den die Menschen erfunden haben« (II. Artikel).

Ihren Anspruch auf Wiederherstellung des alten Rechtszustandes untermauern die Bauern mit Bibelzitaten, sie fordern gemeindeeigene Pfarrwahl (I. Artikel) und erklären sich abschließend im XII. Artikel bereit, über alle Punkte zu verhandeln, falls man ihnen nachweisen könne, dass der eine oder andere Artikel nicht mit der Bibel übereinstimmen sollte.

Thomas Müntzer hat bei seinem Aufenthalt in Süddeutschland vermutlich die Entstehung der Programmschrift mitverfolgt. Ob er allerdings auch an ihrer Abfassung mit beteiligt war, muss bezweifelt werden. Thomas geht es nicht um die Rückkehr zum alten Recht. Weit grundsätzlicher als die *Zwölf Artikel* fordert er die völlige Abschaffung der »tollen, unsinnigen, phantastischen« Verhältnisse, die auf widergöttliche Weise Menschen in Menschenfurcht halten, dass »vor Wucher und vor Steuer und vor Zinspflicht niemand zum Glauben kommen kann«. Gottesfurcht und Menschendienst schließen einander aus. Darum müssen die Herren insgesamt weg und muss dem Volk allein die Gewalt gegeben werden. Die *Zwölf Artikel* verlangen Reformen. Thomas Müntzer fordert die Revolution.

Im Februar ist Thomas wieder in Thüringen. Mittelpunkt seines Wirkens ist jetzt die Stadt Mühlhausen. Von dort aus beteiligt er sich an Protestzügen

## Hye nachuolgent die Artickel.

### Der erst Artickel.

Zum Ersten ist vnser diemütig bytt v
beger / auch vnser aller will vñ maynũg
das wir nun fürohin gewalt vnd mach
wöllen haben / ain gantze gemain sol ai
Pfarrer selbs Erwölen vnd kyesen. Auch gewalt habe
den selbigen wider zůentsetzen / wañ er sich vngepürlich
hieldt / Der selbig erwölt Pfarrer soll vns das hailig E-
uangeli lauter vñ klar predigen one allen menschlichẽ zů
satz / leer vnd gebot / dañ vns den waren glaubẽ stetz ver-
kündigen / geyt vns ain vrsach got vnd sein gnad zů bit-
ten / vnns den selbygen waren glawben einbylden vnd
in vns bestetten / Dann wann seyn genad in vnß nit ein
gepyldet wirt / so bleyben wir stetz fleysch vñ blůt / das
dañ nichts nutz ist / wie klärlich in der geschrifft stat das
wir allain durch den waren glauben zů got komen künd
en / vnd allain durch seyn barmhertzigkait sälig müssen
werden / Darumb ist vns ain söllicher vorgeer vñ Pfar-
rer vō nötten vñ in diser gestalt in ð geschrifft gegrindt.

### Der ander artickel.

Zům andern nach dem der recht Zehat auff gesetzt ist
im alten Testament vnd im Neuen als erfüldt / nichts
destminder wöllen wir den rechtẽ korn zehat gern gebẽ /
Doch wie sich gebürt / dem nach man sol in Got geben /
vñ den seynen mitaylẽ / gebürt es ainem Pfarrer so klar
das wort gots verkindt / Seyen wir des willen hinfüro
disen zehat / vnser kirch Bröpst so dañ ain gemain setzt /

der Bauern, hilft organisieren, macht überall mobil, schreibt nach Eisenach, Erfurt, Allstedt. Klöster werden ausgeräumt, Wagenladungen voll Beutegut verteilt, Schlösser und Adelssitze in Asche gelegt. Man feiert Siege, einige Herren und Grafen treten selbst dem Bündnis bei. Aber eine einheitliche Bewegung kann sich nicht formieren.

Zu Blutvergießen ist es bisher noch nirgends gekommen. »Gott lässt die Widersacher peinigen allein am Gut«, schreibt Thomas am 10. Mai nach Eisenach. Auch jetzt, mitten in der heißen Phase des Aufstands, bleibt es für ihn bei der Gewalt gegen Sachen. Der Amtmann des Kurfürsten notiert eine Rede Müntzers: Gott will, wie die Propheten verkündet haben, die Gewaltigen vom Stuhl stoßen und die Niedrigen erheben. Keine Fürsten soll es mehr geben. Allein der Kurfürst, wenn er die Beschwerden und Artikel bewilligt, darf bleiben. Alle Häuser der Adelsleute sollen vernichtet werden. Aber tritt einer dem Bund bei, wird er als Bruder aufgenommen.

Noch sind die Bauern nirgends auf nennenswerten Widerstand gestoßen. Auch der Kurfürst zögert. Er untersagt gewaltsame Gegenmaßnahmen: »Die Armen werden auf vielen Wegen von uns weltlichen und geistlichen Obrigkeiten beschwert. Will es Gott so haben, so wird es darauf hinausgehen, dass der einfache Mann regieren soll. Ich achte, dass wir in dieser Sache so viel wie möglich sollten müßig stehen.«

Luther reist April/Mai durch die thüringischen Aufstandsgebiete. Er predigt in Dörfern und Städten, in Weimar, Erfurt, Orlamünde. Die Leute buhen ihn aus, in einer Kirche legt man ihm ein zerbrochenes Kruzifix auf den Altar, Hass schlägt ihm entgegen. Ein Beamter des Fürsten schreibt: »Doktor Luther ist im Mansfelder Land, aber er kann solchen Aufruhr und des Zulaufens aus dem Mansfelder Land nicht wehren.«

In Eisleben setzt sich Luther hin und schreibt seine erste Bauernkriegsschrift: *Ermahnung zum Frieden auf die zwölf Artikel der Bauernschaft in Schwaben.* Er versucht zu überzeugen, nennt seine Adressaten immer wieder »Freunde«, spricht sie freundlich an: »Meine freundliche Bitte, liebe Herren und Brüder, seht ja mit Fleiß, was ihr macht!« Die Rechte, um die es ginge, erklärt Luther, seien weltliche Rechtssachen und ließen sich nicht auf Bibelworte stützen. »Darum wäre mein treuer Rat, dass man aus dem Adel etliche Grafen und Herren, aus den Städten etliche Ratsherren erwählte und die Sache ließe freundlicher Weise verhandeln und stillen.« Falls sie damit nicht erfolgreich wären, so mahnt Luther die Bauern dazu, lieber Unrecht zu leiden als Unrecht zu tun. »Leiden, Leiden, Kreuz, Kreuz, ist der Christen Recht, das und kein anderes!«

Aber in der gleichen Schrift ermahnt Martin auch die »Fürsten und Herren« und gibt ihnen die Schuld an dem Aufstand, da sie das Volk schinden, »bis es der arme, einfache Mann nicht länger kann noch mag ertragen. Das Schwert sitzt euch auf dem Hals. Tun's diese Bauern nicht, so müssen es andere tun. Und ob ihr sie gleich alle erschlüget, so sind sie doch ungeschlagen, Gott wird andere erwecken. Denn er will euch schlagen und er wird euch schlagen. Es sind nicht Bauern, liebe Herren, die sich wider euch setzen. Gott selber ist es, er setzt sich wider euch, heimzusuchen eure Wüterei!«

Luthers Vorschlag, eine Schiedskommission einzuberufen, war, obwohl in dieser Situation illusorisch, doch richtig. Genau hier bestand eine Rechtslücke in der ständestaatlichen Verfassung. Es existierte keine verfassungsmäßige Rechtsinstanz, an die sich Bauern und Obrigkeit zur Konfliktregelung hätten wenden können. Erst aus der Erfahrung der Bauernkriege, als die Herrschenden sahen, dass man die Kuh nicht schlachten kann, von der man die Milch will, führt die Rechtsentwicklung zur Einrichtung von Instanzen, die es möglich machten, Streitfragen gewaltfrei zu lösen. Für hunderttausend Bauern, die während der Erhebungen abgeschlachtet wurden, kam diese Möglichkeit, sich Recht auf dem Rechtsweg zu holen, zu spät.

Mittlerweile hat der Aufstand ein Drittel der deutschen Lande erfasst. Blut fließt. Am Neckar bricht der ›Odenwälder Haufe‹ in ein Schloss, jagt »die Wohlgeborenen und Edlen mit ihren Knechten durch die

Spieße, vierundzwanzig Mann«. Luther wird wieder von Anfechtungszweifeln geplagt. Er wirft sich vor: »O wie einen großen Haufen Leute hast du mit deiner Lehre verführt!«

Um sich vor sich selbst zu rechtfertigen, schreibt er gegen die stürmenden Bauern. Martin, der geprügelte Junge, wird jetzt zum Stockmeister. Er ruft die Obrigkeit an, fordert schärfstes Vorgehen gegen die Aufständischen: »Drum, liebe Herren, löset hier, rettet hier, helft hier. Erbarmt euch der armen Leute. Steche, schlage, würge hier, wer kann. Dünkt das jemand zu hart, der denke, dass Aufruhr unerträglich sei und alle Stunde der Welt Zerstörung zu erwarten sei!«

Die Herren hätten der Ermahnung nicht bedurft. Während Luthers »Zettel« noch in Druck ist, sind bereits die Vorbereitungen angelaufen. Friedrich, der Kurfürst, ist plötzlich in Wittenberg gestorben, Herzog Johann, sein Bruder, tritt an dessen Stelle. Das Fürstenkonsortium rückt aus, Georg von Südsachsen, der Landgraf von Hessen, die Mansfelder Grafen und Johann, Luthers neuer Landesherr. Sie kreisen die Bauern bei Frankenhausen ein, richten Geschütze auf die Wagenburg der Bauern, über der ein großes Banner weht: dreißig Ellen weißer Seide, bemalt mit einem Regenbogen, Symbol des richtenden Christus mit dem Schwert: »Er wird schlagen die Erde mit dem Stab seines Mundes, und mit dem Geist seiner Lippen wird er töten die Gottlosen.«

Müntzer versucht alle Kräfte zusammenzuziehen. Er schickt einen Aufruf an die Mansfelder Bergknappen, seine alten Anhänger: »Wie lange schlaft ihr noch? Fangt an und streitet den Streit des Herrn! Es ist hoch Zeit. Das ganze deutsche, französisch und welsch Land ist in der Schwebe. Der Meister will Spiel machen. Die Bösewichter müssen dran. Wenn euer nur drei sind, die in Gott gelassen allein seinen Namen und Ehre suchen, werdet ihr hunderttausend nicht fürchten. Dran, dran, dieweil das Feuer heiß ist. Lasst euer Schwert nicht kalt werden, nicht erlahmen. Schmiedet Pinkepanke. Dran, dran, weil ihr Tag habt. Gott geht euch vor, folget, folget!«

Aber die Knappen kamen nicht.

Die Fürsten verlangen vom Bauernhaufen die Auslieferung Müntzers. Die lehnen ab. Thomas stimmt den Pfingstchoral an: »Komm, Heiliger Geist, Herre Gott!« Die ersten Geschützsalven schlagen ein, die Bauern packt die Panik, sie zerstreuen sich in wilder Flucht.

Tausende von Bauern werden niedergemacht. Der Graf von Solms: »Wir sind ihnen gefolgt und haben den größten Teil zwischen Berg und Stadt erstochen, aber ziemlich viele sind noch in die Stadt gekommen. Wir haben sie gestürmt und alles, was ergriffen wurde, erstochen.«

Es ist Montag, der 15. Mai 1525. Auch im südwestdeutschen Wetterwinkel sind um diese Zeit die meisten Aufstände niedergeworfen. »An hunderttausend Bauern sind erschlagen und viel hunderttausend Witwen und Waisen gemacht worden.« Thomas wird in der Stadt Frankenhausen in einem Versteck aufgestöbert. Er fällt den Fürsten lebend in die Hände, wird eingekerkert, gefoltert. Die Fürsten führen selbst das Verhör und zwingen ihn, einen Widerruf abzufassen. Vor seiner Hinrichtung bittet er, »ihr wollet meinem Weibe die Güter, die ich gehabt, folgen lassen, Bücher und Kleider und dergleichen, und sie um Gottes willen nicht entgelten lassen«.

Am Samstag, dem 27. Mai, wird Thomas, der »Botenläufer Gottes«, auf dem Feld vor Mühlhausen mit dem Schwert hingerichtet, sein Kopf auf eine Stange gesteckt. Er ist 35 Jahre alt geworden.

In Mühlhausen steht heute ein Denkmal mit der Inschrift: »Thomas Müntzer, dem revolutionären Bauernführer gegen feudalistische Unterdrückung und Ausbeutung, der in Mühlhausen den ewigen Rat einsetzte und den Volksstaat 1525 proklamierte.«

Die Henker präsentieren die Rechnungen. Im Fränkischen: »Summa 80 enthauptet, 7 die Finger abgehackt, 62 die Augen ausgestochen usw. Für jeden, der mit dem Schwert gerichtet, einen Gulden, die Finger abgeschlagen und die Augen ausgestochen, einen halben Gulden, dazu 2 Monate Sold, Fazit 118 Gulden.«

Luther verliert Anhang unter den Bauern, von seinen Leuten erntet er offene Kritik. Der Bürgermeister von Zwickau berichtet: »Luther ist bei dem einfachen Volk und auch bei den Gelehrten und Ungelehrten in großem Abfall. Zuerst hat der christliche Mann Doktor Martinus gewiss gut geschrieben und seinen Vorschlag unterbreitet, wie die Dinge zu vermitteln sein sollen. Danach aber hat er in einem anderen Büchlein geschwind ausgerufen, die Armen, ungeachtet ihrer Not, zu erschlagen. Nach meiner Meinung sollte solch geschwindes Schreiben nicht vonnöten sein. Es geschieht ohnedies genug Morden an Bauern, Bürgern, Frauen und Kindern.«

Dass sich die öffentliche Meinung zu Luthers Ungunsten verkehrt hat, wird nicht zuletzt dadurch belegt, dass die Zahl der Flugschriften, die bisher seine Ideen verbreitet haben, nach den Bauernkriegen schlagartig zurückgeht.

Luther wehrt sich. Widerrufen kann er nicht, auch diesmal nicht. Er steht zu seinen Äußerungen: »Denn ein Aufrührer ist nicht wert, dass man ihm mit Vernunft antworte; denn er nimmt nichts an. Mit der Faust muss man solchen Mäulern antworten, dass der Schweiß zur Nase ausgehe.« Aber als Fürstendiener gibt er sich auch nicht. Er beschimpft die hohen Herren, wünscht ihnen alles Böse, den »wütigen, rasenden und unsinnigen Tyrannen, die auch nach der Schlacht nicht mögen des Blutes satt werden. Ich habe gehört, dass zu Mühlhausen unter den großen Hansen einer habe das arme Weib Thomas Müntzers, die nun eine

Witwe und schwangeren Leibes ist, zu sich gefordert, sei vor ihr auf die Knie gefallen und habe gesagt: Liebe Frau, lass mich dich … [Luther schreibt das Wort nicht aus]. Eine ritterliche, adelige Tat! An einem elenden, verlassenen, schwangeren Weiblein begangen. Das ist ja ein kühner Held. Was soll ich solchen Rangen und Säuen schreiben? Die Bibel nennt solche Leute Bestien, das heißt, wilde Tiere als da sind Wölfe, Säue, Bären und Löwen. Ich will sie auch nicht zu Menschen machen.«

Luther fühlt sich nicht als Sieger. Die Auseinandersetzung zwischen Müntzer und ihm ist offen geblieben. Bis in seine letzten Tage verfolgt ihn die Erinnerung an den »Botenläufer Gottes«: »Ich habe Müntzer getötet, sein Tod liegt auf meinem Hals.«

Und auch der Bauernkrieg lässt ihn nicht los: »Ich, M. Luther, habe im Aufruhr alle Bauern erschlagen, denn ich habe sie totschlagen heißen. All ihr Blut ist auf meinem Hals.«

Noch nach Jahren beschäftigt er sich damit, begründet, rechtfertigt: »Alles lief aufs Beste, das Evangelium war auf dem Weg, aber diese drei Sekten, Karlstadt, Müntzer und die Täufer, haben es aufgehalten.«

Geschichtlich gesehen stimmt diese Einschätzung vielleicht. Aber seine Auseinandersetzung mit Müntzer lässt sich nicht nur sachlich begründen. Die Schwierigkeiten, die Luther mit den »Schwärmern, den Enthusiasten« hatte, wie er sie nennt, waren in seinen eigenen Problemstellungen begründet. Ihr unkontrollierter Geistglaube bedrohte seinen Halt an der Bibel, die für Martin so etwas wie eine Mutter bedeutet, bei der er Angenommenheit, Trost, Schutz gegen seine inneren Quälgeister erfährt. Eben darum reagierte er so blindwütig.

Gegen die römische Theologie konnte sich Luther leicht behaupten. Da pochte er auf die Bibel: »Wenn ich zur Schrift greife, habe ich gewonnen.« Da war Rom machtlos. Aber gegen die neuen Radikalen zog das Schriftargument nicht. Sie beriefen sich nämlich auch auf das Buch, aber sie lasen die Bibel anders als er, setzten ihre Bibel gegen die seine. Da konnte schon ein Tuchmacher den Doktor der Theologie etwa in der »Bilderfrage« fertig machen. Und erst recht Müntzers Vorwurf, der Wittenberger und die Seinen huldigten einem »buchstabischen Glauben«, musste Luther in Rage versetzen. Die Bibel war die Gewissheit, die er nach langer, verzweifelter Suche gefunden hatte. Er hatte das Buch unters Volk gebracht und jetzt kommt man ihm selbst mit der Schrift. Bisher konnte er dem Satan die Bibel an den Kopf werfen und war ihn los, jetzt jedoch kommen neue Anfechtungszweifel: »Willst du allein das wahre Gotteswort besitzen, die anderen nicht?«

Luther fühlt sich in seiner Gewissheit bedroht. Die Auseinandersetzung mit Rom hat ihn herausgefordert, die mit Müntzer hat ihn überfordert.

Politisch gesehen ging es zwischen Müntzer beziehungsweise den »Sekten« und Luther um die Frage nach der richtigen Gesellschaftsform. Religion senkrecht von oben, für die sich der »Landsknecht Christi« stark machte, bedeutete in letzter Konsequenz den totalen Gottesstaat. Müntzer verlangte, durch die Gottesfurcht sich reinigen zu lassen von aller Menschenfurcht, »dass wir fleischlichen, irdischen Menschen sollen Götter werden durch die Menschwerdung Christi und also mit ihm Gottes Schüler sein, von ihm gelehrt werden und vergottet sein, ja, vielmehr ganz und gar verwandelt, auf dass sich das irdische Leben schwenke in den Himmel.«

Was immer das besagen mochte, es forderte jedenfalls, den Geist ins Fleisch zu bringen. Und das bedeutete zum Beispiel auch: miteinander ohne Begehren zu verkehren, zu wissen, wann die »eheliche Pflicht« zu leisten sei, um »erwählte Nachkommenschaft« zu erzeugen.

Die Idee vom Gottesstaat ist zu dieser Zeit fast allgegenwärtig. In Italien setzt der enthusiastische Mönch Savonarola, von sozialkritischem Engagement getrieben, in Florenz ein »Regiment der Sittenzucht« durch. Statt der Gauner, Betrüger und Wucherer haben die Florentiner jetzt eine alles bespitzelnde Sittenpolizei auf dem Hals – und sind das nach kaum einem Jahr restlos leid. In England schwärmt Thomas Morus für den philosophischen Gottesstaat, der keinen Privatbesitz kennt, dafür rechtfertigt Morus die Sklaverei als staatliche Institution. In Deutschland erscheint 1520 die Schrift vom Staat *Wolfaria*, dem Wohlfahrtsstaat, der Karten- und Würfelspiel um Geld verbietet, Kleidung, Barttracht und den Esskonsum reglementiert. Die Schweizer Reformation unter Zwingli und Calvin bringt ihre Ideen von geschlossener Gesellschaft auf den Weg.

Die politischen Ideen von Thomas Müntzer reihen sich in die Gottesstaatsprogramme ein. Luther dagegen zog die ungewissere »Freiheit eines Christenmenschen« vor, wählte statt der Enthusiasten, die »in grauen Röcken einhergehen, die Köpfe hängen, sauer sehen, ersoffen in ihren Gedanken und verdüstert«, lieber den ungeliebten Fürstenstaat.

Begeistert war er von denen da oben nicht. »Nicht umsonst führt der Adel Löwen, Bären, Wölfe und andere wilde Tiere im Wappen. Es bezeichnet seine Art. Der Adel will alles haben, was Bauer und Bürger hat. Aber was können sie, denn nur hübsche Hengste und feine Fräulein reiten? Gott der Allmächtige hat unsere Fürsten toll gemacht, dass sie nicht anders meinen, sie mögen tun und gebieten ihren Untertanen, was sie nur wollen. Und die Untertanen irren auch und glauben, sie seien schuldig, dem allem zu folgen. Es wird doch dabei bleiben, dass dein und mein Sohn, das ist, gewöhnlicher Leute Kinder, werden müssen die Welt regieren.«

Diese Bemerkung stammt aus dem Jahr 1530; Martin ist inzwischen dreimal Vater geworden. Er ist den entgegengesetzten Weg von Karlstadt, dem Zwickauer Propheten und Müntzer gegangen, die mit ihrem Gottesstaat die Welt in ein einziges Kloster verwandeln wollten. Seine Kritik an den Schwärmern und am Papsttum hat einen gemeinsamen Nenner. Beide Richtungen bauen auf gute Werke und Gehorsam als Heilsbedingung, für Luther unvereinbar mit der christlichen »Freiheit vom Gesetz«.

Luther, der ehemalige Klosterbruder, lässt jetzt an den Klöstern – wie am Mönchswesen überhaupt – kein gutes Haar. »Das Mönchsvolk ist ein faules, müßiges Volk, achtet das zeitliche Leben für Wollust. Dafür regieren die sieben Todsünden mit Gewalt. Es ist nirgends eine größere Hoffart denn in Klöstern: große, unersättliche Habgier, Unzucht, nächtliche Ergüsse und Verunreinigung, Hass und Neid, dem nicht zu helfen ist, noch der abgelegt oder versöhnt werden kann, womit sie sich untereinander beißen und fressen; Fressen und Saufen, Trägheit und Unlust und Überdruss zu Gottes Dienste, ist kund und offenbar. Es sind Bauchdiener und Säurangen.«

Diese Darstellung, von Luther in einer ganz bestimmten Situation und Absicht geschrieben, ist so nicht haltbar, vor allen Dingen verstellt sie den wesentlichen Punkt der Kritik. Mögen Missstände in vielen, in sehr vielen Klöstern geherrscht haben, aber gewiss nicht in allen. Wäre es im »Schwarzen Kloster« so zugegangen, wie Luther es später voll Zorn schildert, hätte er es nie betreten. Es geht vielmehr dem Papsttum und den Schwärmern gegenüber um die Abkehr vom Gesetzesdienst. Für religiösen Leistungsdruck ist in Luthers Welt kein Platz mehr. »Gottesdienst ist Gottes Lob, und der will frei sein, bei Tische, in der Kammer, im Keller, auf dem Boden, im Hause, auf dem Felde, an allen Orten, bei allen Personen, zu allen Zeiten. Wer es dir anders sagt, der lügt.«

## Heirat, Rückfälle, Krankheiten und Tod

*»Wohlan, ihr lieben Deutschen, ich hab es euch genug gesagt, ihr habt euren Propheten gehört.«*

*1525–1546*

Martin heiratet am 13. Juni 1525 Käthe von Bora, der entlaufene Mönch die entführte Nonne. Das ist Luthers letzte ›reformatorische Tat‹ und sie brauchte nicht weniger Mut als die anderen vorher. Seine Freunde dachten an die voraussehbaren Reaktionen und schlugen die Hände überm Kopf zusammen. Und die Gegner teilten es auch gleich ganz Deutschland schriftlich mit: Der Mönch muss heiraten, seine Nonne erwartet ein Kind! Käthes Bauch stand im Mittelpunkt öffentlichen Interesses. Aber erst ein Jahr darauf, am 7. Juni, wird ihr Kind geboren. Martin gibt ihm den Vornamen seines Vaters, Johannes. Im Badhaus betrachten Mägde und Matronen verstohlen den Kleinen. Ist bei ihm auch alles normal? Kein Horn, kein Bocksschwanz? Der Teufel selbst sollte, gezeugt von Nonne und Mönch, in Wittenberg zur Welt kommen. Aber Johannes ist gesund, Käthe atmet auf.

Für Martin beginnen geordnete Verhältnisse. »Ehe ich heiratete, blieb mein Bett ein ganzes Jahr ungemacht, das Stroh schimmelte von meinem Schweiß.«

Die Eheschließung von Martin und Käthe war eine demonstrative Heirat und wurde eine gute Ehe – so gut eine Ehe halt sein kann, wenn eine Frau so einen widerspruchsvollen, von inneren Zweifeln geplagten Mann hat wie diesen.

Insgesamt kommen sechs Kinder zur Welt. Zwei Töchter sterben, ehe sie das Erwachsenenalter erreichen, Elisabeth mit neun Monaten, Magdalene dreizehnjährig.

Ließ sich die Tätigkeit als Reformator überhaupt mit Frau, Kindern und Familie vereinen? Diese Frage stellt sich wohl erst dem heutigen Leser, denn Luther hat sich nie als »Reformator« bezeichnet. Wahrscheinlich hatte er ein anderes Bild von sich als das, das seine Protestanten später von ihm malten. Er sah sich nicht in der Funktion eines ewigen Vorkämpfers. Ab 1525 ist er einfach verheirateter Prediger, stolz auf seine deutsche Bibel, stolz noch immer auf seinen Doktorhut, aber in allem doch ein »gemeiner«, gewöhnlicher Mann. Und darüber, wie es mit der Reformation nach seinem Tod weitergehen würde, hat er allenfalls in Nebensätzen nachgedacht.

Im geschichtlichen Rückblick stellt es sich so dar, dass »das Wesen des Protestantismus nur als eine in fortlaufender Lösung begriffene Aufgabe aufgefasst werden kann«. So drückt es ein Historiker des vorigen Jahrhunderts aus. Luther selbst hat in seinen letzten Lebensjahrzehnten allerdings keine grundsätzlich neuen Aufgaben mehr in Angriff genommen. Er verwaltet jetzt gewissermaßen nur noch seine eigene

Lehre. Er hatte seine Möglichkeiten und die seiner Zeit ausgeschöpft. Bei der Geburt von Johannes, seinem Ältesten, hat er noch zwanzig weitere Lebensjahre vor sich. Doch wie er sie lebte, das könnte auch aus der Biographie eines anderen stammen. Es gibt keine »reformatorischen Durchbrüche« mehr in seinem Leben. Im Gegenteil, es kommt sogar zu dramatischen Rückfällen hinter seine eigenen Positionen, die er vordem gegen sich selbst und seine Umwelt erkämpft hatte.

»Ich habe die christliche Freiheit gelehrt gegen die Härte des Gesetzes und gegen die Satzungen des Menschen«, konnte Luther auch später noch sagen. Doch er verhält sich in den beiden letzten Lebensjahrzehnten oft ganz anders, als er früher lehrte. Da bleibt von der christlichen Freiheit manchmal nur wenig übrig. Gerade noch die Gedankenfreiheit, und den Juden wollte er zuletzt auch die nicht mehr zugestehen. An Luthers Einstellung zu ihnen lässt sich exemplarisch ablesen, wie sehr er sich in den Jahren nach den Bauernkriegen verändert hat. Er lässt sich jetzt zu Äußerungen hinreißen, die früher bei ihm undenkbar gewesen wären.

Unter dem Titel *Dass Jesus Christus ein geborener Jude sei* hatte Luther in den Reformationsjahren eine Aufsehen erregende Schutzschrift zugunsten der Juden veröffentlicht. Darin erklärte er: »Hätten die Apostel, die auch Juden waren, so mit uns Heiden gehandelt wie wir Heiden mit den Juden, dann wäre nie ein Heide Christ geworden.«

Luther hatte dabei die jahrhundertealte Diskriminierung der Juden vor Augen, die er in seiner Schutzschrift böse kommentierte: »Wenn ich ein Jude gewesen wäre und hätte solche Tölpel und Grobiane gesehen den Christenglauben regieren und lehren, so wäre ich eher eine Sau geworden als ein Christ. Denn sie haben mit den Juden gehandelt, als wären es Hunde und nicht Menschen. Doch wenn wir gleich hoch uns rühmen, so sind wir dennoch Heiden und die Juden von dem Geblüt Christi, wir sind Angeheiratete und Fremdlinge, sie sind Blutsfreunde, Vettern und Brüder unseres Herrn.«

Man solle, verlangt Luther damals, »sie freundlich annehmen, mit lassen erwerben und arbeiten, damit sie Gelegenheit und Raum gewinnen, bei uns und um uns zu sein, unsere christliche Lehre und unser Leben zu hören und zu sehen. Und sollten auch etliche halsstarrig sein, was liegt daran? Sind wir doch auch nicht alle gute Christen.« Damals setzten die Juden Europas Hoffnungen in diesen Luther. Holländische Juden schickten ihren von der spanischen Inquisition verfolgten Glaubensgeschwistern sogar heimlich Luthers Judenschrift zu.

Fünfzehn Jahre später wendet sich Josel von Rosheim, ein führender Vertreter des deutschen Judentums, Hilfe suchend an Luther. Die Juden in Sachsen sind unerträglichen Schikanen ausgesetzt und Josel bittet ihn um Fürsprache beim Kurfürsten. Doch Luthers Haltung hat sich völlig geändert. Er fertigt den Bittsteller mit dem Bescheid ab: »Ihr mögt Eure Briefe an meinen gnädigsten Herrn durch andere vorbringen.« Auf einmal will er mit den Juden nichts mehr zu tun haben, die nun schon »über fünfzehnhundert Jahr« in ihrer Verstockung verharren und noch immer nicht Jesus als Messias anerkennen wollen. »Wir können dulden nicht es«, schließt er sein Schreiben, »dass ihr euer Blut und Fleisch, der euch kein Leid getan hat, Jesum von Nazareth, verflucht und lästert und, wenn ihr könntet, all die Seinen um alles brächtet, was sie sind und was sie haben.«

Josel und mit ihm das europäische Judentum waren um eine Hoffnung ärmer geworden. Luther war in das Lager der Judenfeinde übergegangen. Wie das geschehen konnte, dazu erklärt sich Luther seinen Freunden gegenüber in einem Tischgespräch. Er habe von einer neuen christlichen Sekte in Mähren gehört, die den Sabbat und die Beschneidung wieder einführen wollten, dahinter steckten bestimmt die Juden. – Die »Sabbather«, wie Luther sie nennt, lesen die Bibel anders als in Wittenberg und von neuem holt Luther die Angst ein, die auch sein Verhalten in der Auseinandersetzung mit Müntzer bestimmt hatte.

Drei Jahre vor seinem Tod wirft er drei antijudaistische Hetzschriften auf den Markt. Jetzt erteilt Luther der Obrigkeit plötzlich Ratschläge, wie mit den Juden zu verfahren sei. Die Synagogen soll man ihnen verbrennen, den Rabbinern die Lehre verbieten, den jüdischen Familien die Gebetbücher wegnehmen. Geldhandel sei den Juden zu untersagen, ihre Wertsachen solle man beschlagnahmen, um sie bekehrungswilligen Juden zu vermachen. Fürst, Magistrat und Rat empfiehlt er, arbeitsfähigen Jüdinnen und Juden Dreschflegel, Axt, Hacke, Spaten, Spinnrocken in die Hand zu drücken. Arbeiten sollen sie, »um ihnen das faule Schelmenbein aus dem Rücken zu vertreiben«.

Um seine Botschaft richtig an den Mann zu bringen, betet Luther auch noch alle die üblichen Gräuelmärchen herunter, wie sie seit Jahrhunderten wiederholt werden, von vergifteten Brunnen, geschändeten Sakramenten, gebratenen Kindern. »Sie sagen wohl nein dazu. Aber es sei oder nicht, so weiß ich wohl, dass es am vollen, ganzen, bereiten Willen bei ihnen nicht fehle, wo sie mit der Tat dazu kommen könnten, heimlich oder offenbar.«

Vergleicht man das mit Luthers früheren Äußerungen und Schriften aus den Reformationsjahren, wo es hieß: »zwingen und dringen mit Gewalt will ich niemand«, dann ist kaum zu glauben, dass solche Aussagen vom selben Verfasser stammen. In einem qualvollen, mühseligen Prozess hatte sich Martin von den Quälgeistern seiner Vergangenheit freigemacht, er hatte sich zur Freiheit durchgerungen, sie den Gesetzen und der Moral der Papstkirche entgegengestellt, und jetzt rät Luther selbst dazu, per Gesetz die Freiheit abzuschaffen. Das ganze Problem seiner Kindheit kommt wieder hoch, aber das Opfer, das er einmal war, wird jetzt zum Verfolger. Hat Luther diese Selbstwidersprüche nicht bemerkt? Im gewissen Sinn schon, nur schob er die Schuld für all das Missratene und Missglückte auf die äußeren Umstände, auf die Sekten, die böse Welt, auf den Teufel. Aber innerlich wusste er es wohl besser; nur so lässt sich die Verbitterung seiner letzten Lebensjahre verstehen.

Wozu lebe ich noch, fragt er sich manchmal und sagt auch: »Ich bin müde!« Endlose Krankheiten zermürben ihn. 1530/31, als Vater und Mutter sterben, ist er selbst am Rande des Todes. Immer wieder hat er Migräneanfälle, »als ritte mir der Teufel durchs Hirn«, depressive Verstörungen, Verdauungsschwierigkeiten. Seit 1526 plagen ihn Nieren- und Blasensteine, 1537 kommt es zu einem bedrohlichen Harnverschluss. Er ist auswärts, die Ärzte quälen ihn tagelang, aber sie sind machtlos. Jetzt will er nach Hause gefahren werden, um dort zu sterben. Auf der holprigen Wegstrecke löst sich der Stein, »fast wäre ich in meinem Wasser ertrunken«. Ein Jahr später seufzt er: »Ah, lieber Gott, wäre ich damals gestorben, so wäre ich jetzt schon ein Jahr im Himmel gewesen.«

Freilich, es gibt auch Stunden, in denen er sich von trüben Gedanken freimachen kann, in denen das Leben es gut mit ihm meint und der Teufel ihm Urlaub gibt. Dann sitzt er am Tisch mit Besuchern, Studenten, Schülern und den Wittenberger Magistern und zu allem und jedem fällt ihm etwas ein. »Ändern ist leicht, bessern ist schwierig«, oder: »Ich kann mich nicht genug wundern über ein Ei«, solche kleinen und großen Spruchweisheiten kommen aus seinem Mund. »Pueri amant arma mortis – Jungen lieben Kriegsspielzeug, aber das soll man ihnen nicht gestatten«, die Studenten notieren mit. Ratschläge zur Kindererziehung, Lob der Hausmusik, Spuk und Besenritt, Stoßseufzer übers fehlende Haushaltsgeld, das ganze Sammelsurium täglicher Begebenheiten geht in die *Tischreden* ein, veranschaulicht die letzten fünfzehn Jahre Luthers.

Ja, er hat noch gelacht, seine Worte funkeln immer noch und auch der spitze Spott verlässt ihn nicht. »Wir wollen essen, trinken, schlafen; wenn wir uns furchtsam zeigten, sollte sonst dem Papst der Mut wachsen.« Als ein päpstlicher Legat den Kurfürsten besucht, wird auch Luther zu Hof gebeten. Er putzt sich heraus, glänzt frisch rasiert und wohl gelaunt auf dem Empfang, lässt es sich an der Tafel schmecken, führt das Wort. Hinterher macht er sich lustig über seine Maskerade: »Ich habe während der ganzen Mahlzeit selbst den Luther gespielt.«

Wer Luther sehen will, muss nach Wittenberg kommen, denn die Reichsacht läuft immer noch. In all den

Jahren seit Worms verfügt er nur noch über eine sehr eingeschränkte Bewegungsfreiheit. Nur im mittleren Mitteldeutschland kann er sich frei und sicher bewegen. Als Kind war er an die Schule, als Mönch ans Kloster, als geächteter und vogelfreier Mann ist er an Wittenberg gebunden. Derweil reisten seine Professorenkollegen, Maler, Wissenschaftler, Studenten, Landsknechte und Scholaren kreuz und quer durch ganz Europa. Ob Luther die Enge seines Lebens bewusst gewesen ist, ob er darunter gelitten hat, lässt sich nicht mit Sicherheit nachweisen. Aber einige Belege gibt es doch. Wittenberg hatte er in den letzten Jahren jedenfalls so gründlich satt, dass er Käthe von außerhalb schrieb, er wolle nicht mehr zurück. Sie möge bitte ihre Siebensachen packen und mit ihm aufs Land ziehen. Freunde und der kurfürstliche Hof haben den alten Mann nur mit Mühe wieder zur Heimkehr bewegen können.

Die Bitterkeit wächst mit den Jahren. Wittenberg, meint er böse, könne er binnen drei Wochen wieder katholisch machen, wenn er es darauf anlegen wollte. – Eine traurige Bilanz nach drei Jahrzehnten Arbeit in dieser Stadt, auf deren Pflaster er sich als Professor, Prediger, Beichtvater und Bürger »nicht allein die Schuhe, sondern auch die Füße« abgewetzt hat. Die Anfechtungszweifel wollen keine Ruhe geben, sie zermürben ihn. Hätte ich nicht Christus, erklärt er in diesen Jahren unumwunden, würde ich mich am nächsten Baum aufhängen. Immer öfter plagt ihn die Frage, ob sich das alles überhaupt gelohnt hat.

In solchen Augenblicken versucht er sich zu helfen, indem er sich darauf beruft, er habe nicht aus eigenem Antrieb die Öffentlichkeit gesucht. »Hätte ich gewusst, da ich anfing zu schreiben, was ich jetzt erfahren und gesehen habe, so hätte ich fürwahr stille geschwiegen. Denn ich wäre nimmermehr so kühn gewesen, dass ich den Papst und schier alle Menschen hätte angegriffen und sie erzürnt. Aber Gott hat mich hinangeführt wie einen Gaul, dem die Augen geblendet sind, dass er die nicht sehe, die auf ihn losrennen.«

Bei dieser Selbsteinschätzung blieb er bis zuletzt. Ein paar Monate vor seinem Tod schreibt er im Vorwort zur ersten Ausgabe seiner lateinischen Werke: »Ich bin durch Verkettung der Umstände, nicht aus freien Stücken und mit Absicht in diesen Sturm geraten, Gott ist mein Zeuge!« Seine Biographie bestätigt das. Aber es stimmt auch, dass die Reformation ohne Luther nicht zu denken ist. Er hatte eben doch nicht bloß reagiert. Von Tetzels billiger Ablassgnade provoziert, hat er sich, von seinem Gewissen genötigt, leidenschaftlich mit ins Spiel gebracht. Sich heraushalten oder widerrufen hätte er nicht können, selbst wenn er es gewollt hätte. Wie Christopherus hatte er sich ungewollt eine Last aufgepackt, die zu schwer für ihn war. »Wenn man den Glauben annimmt, so lässt sich keiner dünken, dass es ein schweres Ding damit ist. Es dünkt einen wie ein kleines Kindlein, das hübsch und wohlgestalt und leicht zu tragen ist, wie auch dem Christoffel geschah. Aber wie ging es? Er erfuhr nicht eher, wie schwer das Kindlein war, bis er in das Wasser kam, da es am tiefsten war.«

Im Frühjahr 1545 kursiert in Europa ein Flugblatt, das in sensationeller Aufmachung von Luthers angeblichem Tod berichtet. Da habe es rumort, gepoltert, geheult, »als fiele der Teufel und Hölle ineinander«. Um das Grab des schändlichen Ketzers sei solch ein »schwefliger Gestank« gewesen, »dass es alle, die da umherstunden, krank machte«. Luther erhielt ein Exemplar seiner Todesnachricht, veröffentlichte das Elaborat und unterzeichnete: »Ich, Martinus Luther, Doktor, bekenne und bezeuge, dass ich solchs zornig erdichtet Ding über meinen Tod empfangen habe am 21. März.«

Aber sein Testament hat er längst gemacht. Im Gegensatz zum geltenden Landesrecht, das der Ehefrau eines Verstorbenen wenig Recht in der Erbfolge einräumte, vermachte er darin Käthe seine sämtlichen Hinterlassenschaften und verfügte überdies, man solle seinen vier Kindern bei seinem Ableben keine Vormünder bestellen. Luther hatte sein Testament ohne notarielle Hilfe aufgesetzt. Den Juristen traute er nicht. Die Rechtswissenschaften hatte er nicht studieren wollen, sosehr ihn auch der Vater dazu drängte, und war zeitlebens den Juristen nicht wohlgesonnen gewesen. Er entkam ihnen dennoch nicht, sondern musste sich eigentlich ständig mit Rechtshändeln herumschlagen und stöhnte: »Gott behüte meine Söhne davor.« Wenn er hundert Söhne hätte, wolle er nicht einen davon Jurist werden lassen, erklärte er und warnte sie: »Wenn du Jurist werden solltest, wollte ich dich an einen Galgen hängen.«

Im Februar 1546 ist Luther mit seinen Söhnen Hans (19), Martin (14) und Paul (12) in seiner Geburtsstadt Eisleben. Die Mansfelder Grafen sind wegen Erbsachen im Streit und haben den Doktor gebeten zu vermitteln. Luther spürt in diesen Tagen mehrfach ein Ziehen und Stechen in der Herzgegend. Am Mittwoch, dem 17. Februar, sagt er: »Ah, lieber Gott, wie ist mir so wehe. Ah, lieber Doktor Jonas, ich achte, ich werde hier zu Eisleben bleiben!« Jonas berichtet, Martinus sei darauf im Stüblein hin und her gegangen und habe sich dann aufs Bett gelegt.

Im Lauf des späten Abends versammeln sich bis zu fünfzehn Personen in dem kleinen Raum, Ärzte, Dienerschaft, ein paar Magister, Hans, Paul und Martin, einer der Grafen und dessen Frau. Sie hören den Doktor beten: »Herr Jesus Christus, lass dir mein Seelichen befohlen sein.« Dann murmelt er lateinische Psalmworte. Dazwischen wird er still, man rubbelt seinen Leib mit warmen Tüchern, die Ärzte massieren den Puls.

»Indem er aber so stille war, riefen ihn Doktor Jonas und Magister Cölius stark an: Reverende Pater, wollt Ihr auf Christus und die Lehre, wie Ihr sie gepredigt habt, beständig sterben? – Er sprach, dass man es recht deutlich hören konnte: Ja. – Damit wandte er sich auf die rechte Seite und fing an zu schlafen.«

Bald darauf, gegen drei Uhr morgens, ist er tot. Jonas setzt einen Bericht über die letzten Stunden Luthers auf. Der wichtigste Satz darin lautet: »Und es konnte niemand merken – das bezeugen wir vor Gott und auf unser Gewissen – besondere Unruhe, Quälung des Leibes oder Schmerzen des Todes, sondern er entschlief friedlich und sanft im Herrn.«

Bis zuletzt bleibt Luther eine öffentliche Person. Mit dem Sterbeprotokoll von seinem seligen Ende gilt es zu bekräftigen, dass er seinem Glauben bis in den Tod treu geblieben ist.

Luthers Leiche wird unter größter öffentlicher Anteilnahme von Eisleben nach Wittenberg überführt und dort in der Schlosskirche beigesetzt. In seinem Sterbezimmer fand man einen Zettel aus seiner Hand: »Wir sein pettler. Das ist wahr.«

Käthe starb sechs Jahre nach ihrem Mann. Vier Kinder blieben. Der älteste Sohn, nach Luthers Vater Hans genannt, wurde Jurist.

# Zeittafel

| | |
|---|---|
| 1453–1456 | Johannes Gutenberg druckt die lateinische Bibel |
| 1480 | Johannes Faust wird geboren |
| 1483 | 10. November: Martin Luther wird in Eisleben geboren |
| 1484–1496/97 | Kindheit und Schulzeit in Mansfeld |
| 1488/89 | Thomas Müntzer wird in Stolberg geboren |
| 1492 | Kolumbus landet in der neuen Welt; Martin Behaim stellt seinen Erdglobus vor. |
| 1498–1501 | Luther besucht die Lateinschule in Eisenach |
| 1501 | Beginn des philosophischen Grundstudiums in Erfurt |
| 1505 | Magisterexamen; Beginn des Studiums der Rechtswissenschaft; 2. Juli: Blitzschlag bei Stotternheim. Luther gelobt, Mönch zu werden; 17. Juli: Eintritt in das Erfurter Augustiner-Kloster |
| 1507 | Priesterweihe im Erfurter Mariendom |
| 1508 | Berufung an die Wittenberger Universität |
| 1510 | Beginn des organisierten Sklavenhandels zwischen Westafrika und den »indianischen Inseln« |
| 1510/11 | Luther reist mit einem Klosterbruder in Ordensangelegenheiten nach Rom |
| 1512/14 | Kopernikus legt die Grundgedanken seines neuen Weltbilds nieder |
| 1512 | Luthers Promotion zum Doktor der Theologie; Übernahme der Bibelprofessur an der Wittenberger Universität |
| 1513/14 | Müntzer wird zum Priester geweiht |
| 1514 | Das Handelshaus der Fugger übernimmt die finanzielle Organisation des Ablassverkaufs |
| 1516 | Erste Druckausgabe des »Neuen Testaments« in der griechischen Originalsprache |
| 1517 | Der Dominikanermönch Tetzel verkauft Ablass im Brandenburger und Magdeburger Land; 31. Oktober: Luthers Thesenpapier stellt den Ablass zur Diskussion |

| | |
|---|---|
| 1518 | Das Rechenbuch des Adam Riese erscheint; Luthers Heidelberger Disputation; 12.–14. Oktober: Verhör durch den päpstlichen Beauftragten Cajetan in Augsburg; Luther: »Widerrufen kann ich nicht«; der Orden entbindet Luther von seinen Gelübden; Ende 1518 hält sich Müntzer für mehrere Wochen in Wittenberg auf |
| 1519 | Der Portugiese Maghellan beginnt die erste Erdumseglung; Tabak, Kaffee, Kakao werden in Europa bekannt; der Spanier Cortez dringt in Mexiko ein; Leonardo da Vinci stirbt 27. Juni–16. Juli: Andreas Karlstadt und Luther disputieren mit Eck in Leipzig; 28. Juni: Wahl Karls V. zum deutschen Kaiser (bis 1556) in Frankfurt am Main |
| 1520 | Müntzer als Prediger in Zwickau; Luther veröffentlicht seine reformatorischen Hauptschriften: *Großer Sermon vom Wucher, An den christlichen Adel deutscher Nation, Von der babylonischen Gefangenschaft der Kirche, Von der Freiheit eines Christenmenschen*; 10. Oktober: Luther erhält aus Rom die Bannandrohungsbulle; am 10. Dezember verbrennt er die Bücher des Kirchenrechts mit der Bulle; bis Ende 1520 sind insgesamt 81 Schriften Luthers in einer Gesamtauflage von ungefähr einer halben Million erschienen |
| 1521 | 3. Januar: Luther wird von Papst Leo X. gebannt; 17. und 18. April: Verhör vor den Reichstagsabgeordneten und dem Kaiser in Worms; 4. Mai: Luther wird vom kursächsischen Fürst Friedrich in Schutzhaft genommen und auf die Wartburg gebracht; 8. Mai: Ein kaiserliches Edikt erklärt Luther zum Staatsfeind und setzt auf sein Ergreifen eine Belohnung aus |
| 1521/22 | Karlstadt setzt in Wittenberg kirchliche und gesellschaftliche Reformen durch; Wittenberger »Bildersturm«; Zwickauer Propheten predigen Laienpriestertum |
| 1522 | Bis Ende Februar übersetzt Luther auf der Wart- |

burg das »Neue Testament«; Anfang März kehrt er nach zehnmonatiger Abwesenheit nach Wittenberg zurück; Auseinandersetzung mit den Radikalreformern; Schrift *Vom ehelichen Leben*

1523 Müntzer in Allstedt; erstes deutsches Gesangbuch; Gottesdienstreformen; Müntzer heiratet die aus dem Kloster entlaufene Ottilie von Gersen; Luther veröffentlicht eine projüdische Schutzschrift *Dass Jesus Christus ein geborener Jude sei*

1524 Nach 15 Jahren legt Luther die Mönchskutte ab; August: Anfang der Bauernerhebung in Südwestdeutschland; September: Müntzer flüchtet nach Süddeutschland, veröffentlicht Schriften gegen Luther und die Wittenberger Theologie

1525 Im Februar kehrt Müntzer nach Thüringen zurück; März: Die *Zwölf Artikel* der Bauern erscheinen in Süddeutschland; April: Luther schreibt seine *Ermahnung zum Frieden*; die Schrift erscheint Anfang Mai in einer neuen Auflage mit dem Zusatz »Auch wider die räuberischen und mörderischen Rotten der Bauern«; 15. Mai: Vernichtung des Thüringer Bauernhaufens bei Mühlberg; 27. Mai: Thomas Müntzer (35 Jahre) wird mit dem Schwert hingerichtet; 13. Juni: Luther heiratet die entlaufene Nonne Katharina von Bora

1526–1534 Die Kinder der Eheleute Luther: Johannes, 7. Juni 1526; Elisabeth, 10. Dezember 1527 (stirbt mit 9 Monaten); Magdalene, 4. Mai 1529 (stirbt mit 13 Jahren); Martin, 9. November 1531; Paul, 28. Januar 1533; Margarethe, 17. Dezember 1534

1529 Die evangelischen Reichstagsvertreter protestieren in Speyer gegen den Glaubenszwang, von da an kommt die Bezeichnung »Protestanten« für Luthers Anhänger in Gebrauch

1530 Tod von Luthers Vater Hans; 1531 Tod der Mutter Margarete

1534 Erste Gesamtausgabe von Luthers Bibelübersetzung

1540 Dr. Johannes Faust stirbt; Pestjahr in Deutschland

| | |
|---|---|
| 1542 | Luther setzt sein Testament auf; Europäer in Japan |
| 1543 | Luthers Schüler Osiander veröffentlicht das Hauptwerk von Kopernikus *Über den Umschwung der Himmelskreise*; Luthers antijudaistische Schriften *Von den Juden und ihren Lügen* erscheint; in Basel erscheint das erste wissenschaftliche Lehrbuch der Anatomie, *Sieben Bücher über den Bau des menschlichen Körpers*, von Andreas Vesalius |
| 1545 | Luthers gesammelte lateinische Werke erscheinen |
| 1546 | 18. Februar: Martin Luthers Tod in Eisleben |
| 1552 | Katharina von Bora stirbt |
| 1555 | Deutschland ist zu neunzig Prozent evangelisch; der Augsburger Religionsfriede vereinbart ein Stillhalteabkommen zwischen den beiden Konfessionen |

# Literaturauswahl

## *Zeitgenössische Schriften*

Martin Luther: An den christlichen Adel deutscher Nation. Reclams UB Nr. 1578
Martin Luther: Von der Freiheit eines Christenmenschen. Reclams UB Nr. 1578
Martin Luther: Sendbrief vom Dolmetschen. Reclams UB Nr. 1578
Martin Luther: Vom ehelichen Leben. Reclams UB Nr. 9896
Martin Luther: Tischreden. Reclams UB Nr. 1222
Thomas Müntzer: Die Fürstenpredigt. Reclams UB Nr. 8772
Historia von D. Johann Fausten. Reclams UB Nr. 1515
Deutsche Flugschriften zur Reformation. Reclams UB Nr. 9995
Helmar Junghans: Die Reformation in Augenzeugenberichten. dtv, München 1980

## *Sekundärliteratur*

Beuys, Barbara: Und wenn die Welt voll Teufel wär. Luthers Glaube und seine Erben. Rowohlt, Hamburg 1982
Diwald, Hellmut: Luther. Eine Biographie. Lübbe, Bergisch-Gladbach 1982
Dülmen, Richard van: Reformation als Revolution. Soziale Bewegung und religiöser Radikalismus in der deutschen Reformation. dtv, München 1977
Elliger, Walter: Außenseiter der Reformation: Thomas Müntzer. Ein Knecht Gottes. Vandenhoeck, Göttingen 1975
Elliger, Walter: Thomas Müntzer: Leben und Werk. Vandenhoeck, Göttingen 1976
Erikson, Erik H.: Der junge Mann Luther. Eine psychoanalytische und historische Studie. Rowohlt, Hamburg 1970
Friedenthal, Richard: Luther. Sein Leben und seine Zeit. Piper, München 1982

Heidelberger, Michael und Thiessen, Sigrun: Natur und Erfahrung. Von der mittelalterlichen zur neuzeitlichen Naturwissenschaft. Rowohlt, Hamburg 1981
Landgraf, Wolfgang: Martin Luther. Reformator und Rebell. Neues Leben, Berlin-DDR 1981
Loewenich, Walter von: Martin Luther. Der Mann und sein Werk. List, München 1982
Luhmann, Niklas: Funktion der Religion. Suhrkamp, Frankfurt/M. 1977
Obermann, Heiko A.: Die Kirche im Zeitalter der Reformation. Kirchen- und Theologiegeschichte in Quellen. Neukirchener Verlagsanstalt, Neukirchen 1981
Obermann, Heiko A.: Luther. Mensch zwischen Gott und Teufel. Severin, Berlin 1982
Nette, Herbert: Karl V. In Selbstzeugnissen und Dokumenten. Rowohlt, Hamburg 1979
Schulze, Winfried (Hrsg.): Europäische Bauernrevolten der frühen Neuzeit. Suhrkamp, Frankfurt/M. 1982

Arnulf Zitelmann
**»Ich will donnern über sie!«**
Die Lebensgeschichte des Thomas Müntzer
Mit Abbildungen
Beltz & Gelberg Taschenbuch, 176 Seiten (78794)

Der wortgewaltige Rebell und Mystiker der Bauernkriegszeit hatte wie kein anderer den Mächtigen in Staat und Kirche die Stirn geboten. Er war Visionär und Wissenschaftler in einem, hatte die Bibel studiert und wurde darüber zum Revolutionär. Dennoch blieb er ein zutiefst konservativer Priester, der nur das Werkzeug Gottes sein wollte. Sein Gottesstaat aber versprach das Ende aller sozialen Ungleichheit. Für die Bauern wurde seine Botschaft zum Hoffnungsfanal. Sie folgten dem radikalen Priester bis in den Tod. Mit seiner Vision einer »Kirche von unten« verkörpert Müntzer – neben und im Gegensatz zu Luther – die andere Hälfte der Reformation, die nach seinem Tod der deutschen Geschichte für Jahrhunderte verloren ging.

»›*Ich will donnern über sie!*‹ ist die Lebensgeschichte eines widersprüchlichen Menschen in einer Zeit, die reich an Widersprüchen war, aufgezeichnet mit Sorgfalt und Aufrichtigkeit, ohne Pathos. Ein Buch, das komplizierte Zusammenhänge nicht einfach, aber verständlich macht.« *DIE ZEIT*

www.beltz.de
Beltz & Gelberg, Postfach 10 01 54, 69441 Weinheim

Arnulf Zitelmann
**»Keiner dreht mich um«**
Die Lebensgeschichte des Martin Luther King
Mit Fotos
Beltz & Gelberg Taschenbuch, 176 Seiten (78761)

Auswahlliste zum Deutschen Jugendliteraturpreis

Er haderte mit seiner schwarzen Haut und hatte in der Jugend zwei Mal versucht, sich das Leben zu nehmen. Als Pfarrer in Montgomery brachte ihn der Busstreik an die Spitze der Bürgerrechtsbewegung. Er mobilisierte landesweit Widerstand gegen das weiße Unterdrückungssystem und wurde mit dem Friedensnobelpreis geehrt. Doch auch im Erfolg verließen ihn seine Selbstzweifel nicht. Er kleidete sich elegant, aß gern und gut, hätte dabei doch lieber anspruchslos wie Ghandi gelebt. Als die Kugel des Mörders sein Leben abbrach, war er immer noch auf der Suche nach sich selbst. Die militanten Schwarzen hatten ihn als kompromissbereit abgeschrieben. Freunde ließen ihn fallen, als er den Rückzug der USA aus Vietnam forderte, und der Geheimdienst setzte Agenten auf den unbequemen Wortführer der Armen an. Aber Martin Luther King blieb dabei: »Keiner dreht mich um.«

»Packend geschrieben!« *Der Tagesspiegel*

www.beltz.de
Beltz & Gelberg, Postfach 10 01 54, 69441 Weinheim

Arnulf Zitelmann
**Nur daß ich ein Mensch sei**
Die Lebensgeschichte des Immanuel Kant
Mit Abbildungen
Broschur, 296 Seiten (80744)

Prediger hätte er werden sollen. Aber Immanuel Kant, der 1724 in Königsberg geboren wurde, begeisterte sich für Astronomie und Mathematik, studierte Physik und Philosophie. Die Freunde erwarteten Großes von ihm. Er aber zog es vor sich zu amüsieren. Jemand schlug dem Feinschmecker vor, eine *Kritik der Kochkunst* zu schreiben. Stattdessen verfasste er die *Kritik der reinen Vernunft*. »Was kann ich wissen? – Was soll ich tun? – Was darf ich hoffen?«: Das waren die Fragen, die Kant zeitlebens in Atem hielten. Dabei suchte der Professor aus Königsberg einfache Antworten. Seine Philosophie will ein Gesprächsangebot an die Leser sein.

Zitelmann zeichnet das menschliche und metaphysische Getriebensein eines Denkers nach, dessen Vita arm an äußerlichen Begebenheiten blieb. Dabei konzentriert er sich insbesondere auf die prägenden Jahre der Kindheit und Jugend Kants. *Nur daß ich ein Mensch sei* ist zugleich eine anschauliche Einführung in das Werk des Philosophen.

»Zitelmann begeht nicht den Fehler, über Kants bahnbrechendem Werk der Transzendentalphilosophie das suchende Individuum, das solches vollbrachte, zu vernachlässigen.«
*Rhein-Neckar-Zeitung*

www.beltz.de
Beltz & Gelberg, Postfach 10 01 54, 69441 Weinheim

Arnulf Zitelmann
**»Jedes Sandkorn ist ein Buchstabe«**
Die Lebensgeschichte des Georg Christoph Lichtenberg
Mit Abbildungen
Gebunden, 360 Seiten (80883)

»Jeden Augenblick des Lebens ... den günstigsten, so wie den ungünstigsten, zum bestmöglichen zu machen, darin besteht die Kunst des Lebens, und das eigentliche Vorrecht eines vernünftigen Wesens.« *Georg Christoph Lichtenberg*

»Habe Mut, dich deines eigenen Verstandes zu bedienen!« – diese Losung des neuen Zeitalters wurde in deutschen Landen (neben Leibniz, Kant, Lessing) von niemandem so sehr beherzigt wie von Georg Christoph Lichtenberg.
Der Pfarrerssohn und »fromme Atheist« wurde bereits mit 25 Jahren zum Professor ernannt. Im Labor experimentierte er vor Studenten mit Elektrizität, Knallgas und Phosphor. Seine »Lichtenberg'schen Fugen« nahmen die moderne Fotokopie vorweg und er führte Plus- und Minus-Zeichen für die elektrische Ladung ein. Vier nach ihm benannte Mondkrater würdigen seine Verdienste als wissenschaftlicher Lehrer.
Aber nicht nur als Naturwissenschaftler kam Lichtenberg zu Ruhm und Ehren: In der deutschen Literaturgeschichte gilt er als der brillanteste Aphoristiker.
Voller Sympathie, doch auch mit kritischer Distanz zeichnet Arnulf Zitelmann den Lebensweg des »lüttgen Professers« nach, den Alltag mit Kegelspiel und Garten, seine Freundschaften und Fehden mit Zeitgenossen, Lichtenbergs Reisen nach England und an den Hof von König Georg III. – und auch die berühmte Liebesbeziehung zu der »kleinen Stechardin«. Dies alles vor dem Hintergrund einer der abenteuerlichsten Epochen der abendländischen Geistesgeschichte: dem Jahrhundert der Aufklärung.

»Zitelmanns Technik, möglichst viele Originalzitate exemplarisch für sich selbst sprechen zu lassen und diese dann so behutsam wie kritisch einzufassen, hat hier eine bemerkenswerte Meisterschaft erreicht ... ein horizonterweiterndes Lesevergnügen!« *Der Tagesspiegel*

## *Romane von Arnulf Zitelmann (Auswahl)*

*Paule Pizolka*
*oder Eine Flucht durch Deutschland*
Roman. Mit einem Nachwort von Arno Klönne.
Gebunden, 384 Seiten (80068), Beltz & Gelberg Taschenbuch (78768) *ab 14*
Paule Pizolka, sechzehn Jahre, haut aus dem KLV-Lager ab und muss untertauchen. Seine Flucht wird zu einem Alptraum, doch Paule hält durch. Ein spannender und bewegender Roman, eine Liebesgeschichte auch, in dem Geschichte lebendig und nachvollziehbar wird.
»... eine der besten Veröffentlichungen über junge Menschen im Dritten Reich.«
*Süddeutsche Zeitung*
*Gustav-Heinemann-Friedenspreis*

*Unter Gauklern*
Abenteur-Roman aus dem Mittelalter
Mit einem Nachwort des Autors
Gebunden, 188 Seiten (80564), Beltz & Gelberg Taschenbuch (78021) *ab 12*
Martis, der Schafsjunge des Klosters, steht unter Verdacht, mit der seltsamen Babelin in geheimer Verbindung zu stehen. Als Babelin verbrannt wird, flieht Martis aus dem Kloster und schließt sich den Fahrenden und Gauklern an ...

*Unterwegs nach Bigorra*
Abenteuer-Roman aus dem frühen Mittelalter
Mit einem Nachwort von Hermann Schefers
Gebunden, 304 Seiten (79655), Beltz & Gelberg Taschenbuch (78445) *ab 12*
Unterwegs nach Bigorra trifft Itta den alten jüdischen Händler Jakob. Bei Poitiers lesen sie den erblindeten Sahnun auf. Zusammen machen sich die drei auf den weiten und gefährlichen Weg quer durch Frankreich.
*Friedrich-Gerstäcker-Preis*

*Zwölf Steine für Judäa*
Abenteuer-Roman aus dem Jüdisch-Römischen Krieg
Mit einem Nachwort des Autors
Gebunden, 212 Seiten (79679), Beltz & Gelberg Taschenbuch (78041) *ab 12*
Jedidia ist eine jüdische Kriegsgefangene. Als Junge verkleidet, flieht sie aus Rom, um die größte Kostbarkeit Israels nach Jerusalem zurückzubringen. Sie wird von Sklavenfängern des römischen Königs verfolgt und kämpft mit Wölfen. »Ein hinreißendes Buch, das nichts beschönigt, was die Geschichte geschrieben hat.«
*Deutsche Lesegesellschaft*